C'EST TOUJOURS LES AUTRES QUI MEURENT

DU MÊME AUTEUR

C'EST TOUJOURS LES AUTRES QUI MEURENT, Fayard, 1982 ; Babel noir nº 20.

PASSAGES DES SINGES, Presses de la Renaissance, 1984.

ÉTAT D'URGENCE, Presses de la Renaissance, 1985.

BASTILLE TANGO, Presses de la Renaissance, 1986.

DE PARFAITS PETITS CRIMES, Futuropolis, 1986.

DJEMILA, Calmann-Lévy, 1988 ; Folio policier nº 630.

LES EXAGÉRÉS, Le Seuil, 1989 ; Points nº 2014.

LA GRANDE RONDE DU PÈRE DUCHESNE RUE SAINT-ANTOINE, Épigramme, 1989.

LES HIBOUX DE PARIS, Nathan, 1989.

SHERLOCK HOLMES ET LES OMBRES, Collectionneurs, 1992.

NOUS CHEMINONS ENTOURÉS DE FANTÔMES AUX FRONTS TROUÉS, Le Seuil, 1993 ; Points nº 3396.

LA FILLE DU CALVAIRE, La Voûte, 1997.

Première publication :
Fayard, 1982

ISBN 978-2-7427-7603-0

JEAN-FRANÇOIS VILAR

C'EST TOUJOURS LES AUTRES QUI MEURENT

roman

BABEL

BABEL NOIR

"Le roman noir, parce que c'est la crise, se joue dans un état d'urgence. Il parle du monde, maintenant. Et le monde va vite. Tant pis si nous sommes fatigués."

JEAN-FRANÇOIS VILAR

TITRES PARUS

Dagory, *Maison qui pleure*, n° 267.
Joseph Périgot, *Le Dernier des grands romantiques*, n° 275.
Frédéric H. Fajardie, *Gentil, Faty !*, n° 276.

D'ailleurs, c'est toujours les autres qui meurent.

Epitaphe de Marcel Duchamp (1887-1968)
sur sa tombe, à Rouen.
Ecrite par lui-même.

Et Qui Libre
RROSE SÉLAVY

I

Je suis entré par la rue Saint-Denis. Et voici maintenant : ce mannequin, corps féminin, est étendu, allongé, écartelé, sur un lit de brindilles ou peut-être de paille.

Non : de brindilles.

D'où je suis placé, devant la vitrine de ce magasin du passage du Caire, vitrine encrassée de poussière, avec par endroits des traînées de blanc d'Espagne qui la rendent presque opaque et, derrière encore, l'obstacle d'un mur de parpaings éventré : je ne distingue presque rien.

La boutique est à l'abandon depuis pas mal de temps. Je l'ai déjà remarqué. Mais à quoi rime ce mur, à l'intérieur ?

C'est curieux. Du bout des doigts, des ongles, je tente de gratter un peu la vitre. Qu'y a-t-il derrière tout cela ? L'œil sur la petite surface que je viens de dégager, je vois un peu le mannequin et son environnement.

Des détails m'échappent. Le mannequin tient quelque chose dans sa main. Une lampe peut-être. Pas allumée. Mais il y a dans cette zone une sorte de pâle lueur verdâtre. L'œil s'accoutume. Je vois nettement : des cuisses largement ouvertes révèlent, on ne voit que ça et un rayon de lumière le frappe curieusement, un sexe impubère.

Impubère ? Rasé ? C'est tout simplement du plastique. Du toc. Le fabricant de ce simulacre a toutefois pris soin de ne pas laisser l'emplacement du sexe absolument lisse. Le moulage évoque la fente, les lèvres. C'est quand même un corps de femme au réalisme choquant.

Le buste est épanoui, les seins sont lourds. La posture suggère un total abandon. Presque. Car il y a le bras, le bras gauche. A la fois reposé et tendu. Dans la main ? Maintenant que je distingue mieux, à n'en pas douter, c'est une lampe. Une lampe à pétrole. Type lampe Pigeon ou bec Auer. Dans ce dernier cas, il s'agirait d'une lampe à gaz. Je ne sais pas.

Je ne vois rien du bras droit. Il est caché par le mur.

Je ne peux pas me déplacer pour chercher un meilleur angle. La vitrine est vraiment dégueulasse. Le visage est également dissimulé. Je ne vois qu'une épaisse mèche de cheveux blondasses qui couvre le cou.

La peau, ou ce qui passe pour telle, me semble curieusement rougeâtre. Derrière le corps, au deuxième plan, sans doute pas très loin du mannequin, mais l'effet de trompe-l'œil est assez réussi : un paysage. Un cyprès se découpe sur un ciel très bleu, une ligne d'arbres, des nuages en coton. Il y a aussi une imitation de chute d'eau. Je n'ai jamais rien vu de pareil dans un magasin de mode. L'étalagiste était fou.

Alors, je regarde mieux, beaucoup mieux, intrigué ; et j'admets ce que je sais depuis le début, depuis que par curiosité de badaud j'ai voulu savoir ce qu'il y avait derrière la vitre de ce magasin abandonné, et au-delà, derrière le mur de parpaings. J'admets que ce corps désarticulé, semblable par maints aspects à quantité d'autres exposés dans des vitrines toutes proches – il n'y a que cela, passage du Caire, c'est la spécialité du lieu ! – mais frappant par sa disposition maniaque, j'admets que ce corps ne peut pas être celui d'un mannequin, d'une somptueuse poupée d'étalage particulièrement réaliste.

C'est une femme qui est là, une vraie et qui est morte, évidemment assassinée.

Je la photographie plusieurs fois, l'objectif plaqué contre le verre sale, juste devant la petite surface grattée dans la poussière. Je m'en vais, il est 18 heures, vendredi 19 juin.

Tranquillement, je remonte la travée centrale du passage. Les boutiques sont fermées, seuls un ou deux retardataires baissent leur rideau de fer. Un type passe un coup de balai devant son pas de porte. Un des derniers badauds s'attarde devant les mannequins nus. Moi aussi. Pas trop. Ils paraissent pour une fois sans attrait.

J'arrive à la rotonde, bel endroit où les perspectives impitoyablement divergent. Je sors place du Caire, cligne un peu des yeux. C'est le calme parfait, presque une place de province. Je me retourne vers la façade avec ses fresques simili-égyptiennes qui, à chaque fois, me réjouissent. Je prends une, deux photos du bâtiment. Entrée du passage déjà photographiée dix fois : café *(Le Paris Centre)*, rue du Caire, rue Saint-Denis, loin vers le bas.

Atget autrefois traînait par là (je n'ai jamais pu déchiffrer le nom du café sur ses clichés)... mais c'est une autre histoire.

Je descends vers la rue Saint-Denis. Là, la foule. Je reconnais que j'en ai terriblement besoin, ne serait-ce que par souci de cohérence. Des passages couverts aux maisons de passe, de la mariée derrière son verre, mise à nu, aux putes : jusque-là, tout se tient. A un détail près.

Il n'y avait personne au rendez-vous prévu passage du Caire. Pour une fois j'avais une raison précise d'être là. Je devais rencontrer quelqu'un et j'ai découvert un cadavre, dans une position déjà vue. Où ? *Etant donnés...*

Un cadavre ? La belle affaire ! Intéressant, mais pas une surprise. Une confirmation, plutôt. Il y a tellement longtemps que je traîne dans les passages couverts, appareil photo à la main, accumulant les clichés, sans trop savoir ce que je pourrais bien en faire, m'en foutant un peu (je vais aux passages comme on va au bordel). L'assassinée dans sa vitrine, il n'y a pas grand-chose à en dire. Il y a seulement que les passages sont un lieu du crime.

Mais il y a ce cadavre-là, précis, entrevu tout à l'heure. S'il ne s'agit pas d'un simple mannequin, si je n'ai pas complètement rêvé, si donc meurtre il y a, l'assassin est d'un genre un peu particulier. Poète ou pour le moins esthète. Aucun doute possible. Ce que j'ai vu derrière la vitrine du passage est l'exacte reproduction de ce truc fascinant, *Etant donnés*, le dernier travail signé Marcel Duchamp.

Peut-être pas tout à fait exacte, la reproduction. On peut discuter. Si mes photos sont bonnes, il faudra que j'étudie ça de près, en comparant. Il me semble toutefois que la petite chose de la vitrine était d'une approximation convaincante.

Qu'est-ce que j'en sais, d'*Etant donnés* ?

Le titre complet, c'est *Etant donnés : 1° la chute d'eau ; 2° le gaz d'éclairage.* Ça ressemble à ce que je viens de voir (aucun rapport avec le musée Grévin), c'est exposé quelque part aux Etats-Unis, et c'est intransportable. J'en ai vu une reproduction, une fois, à Beaubourg, il y a quelques années. Très fort ! Mais ce qui m'avait frappé à l'époque, c'étaient les vingt ans de boulot que mentionnait le catalogue. Tant de temps pour un bricolage pervers : quel bonheur. Et même les copains de Duduche n'étaient pas au courant. Il agençait ça dans son coin, tranquille. Une entreprise plus tordue encore, et ce n'est pas peu dire, que la fameuse *Mariée mise à nu*, *Le Grand Verre*, etc.

Reste que ce que je viens de voir, ce n'est pas un assemblage de cuir tendu sur armature de métal dans un environnement de plexiglas, linoléum, brindilles diverses, le tout disposé sur un échiquier planqué (ah ! Marcel et les échecs !). C'était une fille, une vraie, morte. Je crois.

Morte comment ? Pas trace de violence (juste cette peau un peu trop rose). Je n'ai jamais rien vu de pareil. Ce qui ne veut rien dire : le scoop sanglant, ce n'est pas mon créneau.

Au fait : quel est mon créneau ? (Bah ! pensons à autre chose.)

Si ce n'est pas un meurtre, c'est un suicide. Bougrement raffiné. Très compliqué. Trop. Impossible. C'est donc un meurtre. D'ailleurs, je n'ai pas vu la tête. Elle était peut-être trouée par une balle, fracassée, épouvantable (flash-back sur des tas d'images).

C'est pour ça que je me taille, que je me coule dans la foule, que je me fonds dans la rue. Qui dit meurtre dit flics, dit enquête, interrogatoire des témoins (le dernier à l'avoir vue vivante, le premier à l'avoir vue morte), dit, dans la foulée, grattage systématique des petits secrets divers qui forment la trame de nos pauvres vies (allez !). Pas question.

Bien vu pas pris. Je passe mon chemin, je continue ma route. Les questions d'agenda recoupent les questions de principe : j'ai autre chose à faire.

C'est même une bien douce fin d'après-midi. Il y a de plus en plus de monde dans la rue et de moins en moins de raisons pour ce monde d'être là. Si ce n'est les putes. Qui sont bien belles.

J'avance comme si j'étais innocent.

J'ai raison de ne pas prévenir les flics. Imaginons que je me plante. Qu'il n'y ait dans la vitrine qu'un mannequin ringard. Je me vois très bien devant les bourres convoqués par mes soins, expliquant : “Ben voilà, messieurs, euh, désolé, hein, je me suis – comment dire ? – … trompé.” Quelle bonne mine ! S'en foutraient bien, les flics, que j'aie cru bien faire. Dérangés à l'heure de la belote, ces connards voudraient inévitablement savoir, je me mets à leur place, qui est (un peu dans le détail) l'abruti qui leur a balancé une vanne aussi débile. Pas envie de ça.

J'avance et je prends des photos en rafales. Putes, vitrines, braves gens. La rue, j'aime ça. Photos au grand-angle, au jugé, au maximum de distance focale. Je sais, je sais bien que c'est une rue où le mateur qui s'affiche un peu trop n'est pas trop bien supporté (j'ai l'appareil en bandoulière). “Faudrait faire payer les mecs qui reluquent tout comme les autres clients”, m'a expliqué une fille (“Les mecs et les gonzesses”, avait-elle aussitôt ajouté). Les photos ? “Pas question, pas de ça : on a des mômes !”

Photos au jugé, donc. C'est bien. Y compris quand, au tirage, on découvre que les clichés ont un petit brin “bougé”. La vie. Il y a toujours du flou dans la vie. Fin de pelloche.

Je recharge au coin d'une porte cochère, comme il convient, à quelques mètres d'une fille. Je risque un petit sourire sympa, c'est-à-dire grotesque. Quel con ! Qu'est-ce que j'ai à être aussi con ? Je ne suis pas client. Je ne monte pas. Je fais juste que mater. Je braque pour mon compte. Alors, question de dignité : pas la peine de faire copain-copain.

Je me dis ça. La fille regarde déjà ailleurs, désirable et inexpressive. Je ferme le boîtier, la photographie, un coup comme ça, vite fait. Je continue.

Une fois, il faudrait faire ça. Avancer, l'appareil en sautoir et, disons, tous les cinq ou dix mètres, arbitrairement, déclencher l'obturateur. Pas du cinéma. Juste de l'instantané, du fixage de gueule, ultrarapide. Pour l'éclairage, pour la rue.

Tous les dix mètres, ça devrait être bon.

Elles sont belles, toutes. Sans restriction. Avec leurs nibards plus qu'à moitié à l'air, leur jupe fendue jusqu'à l'aine, leur fard. Tout va bien.

Tellement bien que c'en est curieux, mais c'est ainsi : la découverte du passage du Caire m'enchante complètement. Les passages sont risqués, on y meurt. Quel que soit le meurtrier, s'il y en a un, il avait du goût.

Le cadavre, le passage : d'accord. Mais l'environnement ? Duchamp ? Problème. L'œuvre d'un maniaque ? Si c'est le cas, on n'a pas fini de rigoler quai des Orfèvres. Parce que qui dit maniaque dit répétition. Finalement, j'ai eu du pot d'être là, d'avoir vu. Au moins une fois.

Je n'étais pas là par hasard.

J'avais rendez-vous et on m'a posé un lapin. Je devais voir un copain et j'ai découvert un cadavre. Cause et effet ? Ou pure coïncidence ?

Je me trouve un peu lent. Je ne crois pas aux coïncidences. Il y avait vraiment un cadavre. J'avais vraiment rendez-vous. Au même endroit.

Je retourne sur mes pas.

Vers le passage. S'il y a vraiment quelque chose à voir, autant vérifier, prendre son temps. Des fois que dans le coin se trouverait Walter... enfin : Francis.

Ce cher Francis… ! Récapitulons : c'était ce matin, il n'y avait pas si longtemps. Il y avait ce chat qui m'emmerdait, le petit nouveau à l'essai, chez moi. Comme je ne pouvais pas faire autrement que de lui laisser sa chance, il en profitait largement. Au-delà même des limites qui permettent d'habitude une convivialité raisonnable entre félins et humains. Entre eux et moi, en tout cas. Lui, le minou, en voulait plus. Il tentait sa chance. Ainsi : il avait parfaitement repéré sa caisse. Il savait où elle était. Tous les chats savent ça. Il pouvait être propre.

Il pouvait. Mais il avait quand même pissé dans la baignoire. Ou, plus exactement : sur la pile de linge entassé au fond de ladite baignoire. Pas une grosse pile, à vrai dire. Mais assez importante pour que cette chose, la pisse, m'oblige à anticiper sur la corvée de lavage, prévue pour bien plus tard. C'était agaçant.

Il avait mis aussi, ce bougre de chat, de tout petit chat, la cuisine dans un sale état. Bol renversé, beurre léché, poubelle fouillée, etc. Il se doutait bien, le salaud, que la moindre exaction de ce genre, venant des deux autres chattes qui l'avaient précédé chez moi (Kamenev et Zinoviev, femelles ou pas, pour le nom elles n'ont pas eu le choix, vu ?) depuis de longues années, aurait entraîné des représailles terribles. Il s'en foutait. Petit malin, il testait un nouveau rapport de forces possible, sans s'en laisser conter. Il tentait ses coups merdiques sous l'œil irrité mais intéressé des deux autres, pas folles, crispées par la jalousie. Et bêtement opportunistes.

Kamenev et Zinoviev : elles me posaient des problèmes, ces deux-là. Elles gardaient les bonnes manières, faisaient là où il convient de faire, elles n'éparpillaient pas la bouffe sur le carrelage. Soit. Cela ne les empêchait pas de faire la gueule et de me montrer par tous les moyens qu'elles désapprouvaient formellement l'intrusion de Radek (il s'appelle Radek : quelque chose à y redire ?). Elles avaient raison et je le savais bien. Elles pouvaient miser tant qu'elles le voulaient sur ma culpabilité. Ça marche toujours. Elles me connaissaient bien, les salopes. Depuis le temps qu'on vit ensemble.

Mais ce chat tout petit, deux mois à peine, juste sevré, tout noir avec une tache blanche sous le col, et une autre plus secrète sur le ventre, au-dessus des couilles (... des couilles, bordel : il faudrait *aussi* que je le fasse couper !), ce petit chat était adorable. Emouvant dans sa manière d'imposer des conflits. Il voulait voir jusqu'à quel point j'étais disposé à l'adopter. Comme s'il n'avait pas gagné depuis longtemps !

En sachant ce que je savais maintenant : tous les dégâts qu'il faisait, largement prévisibles, je ne regrettais pas d'avoir cédé aux copains qui me l'avaient proposé.

J'ai donc pris le tas de linge souillé et j'ai rincé les pièces les unes après les autres, à l'eau claire, en attendant mieux. A ce moment-là, Radek s'est fait séducteur et il s'est frotté le long de ma cheville.

Je lui ai fait un câlin et il a ronronné. La vie était belle, même s'il fallait que j'aère, à cause de l'odeur. Le téléphone a sonné.

La pisse de chat, le téléphone. D'aucuns considéreraient que ça commençait à faire beaucoup. Il y a cependant des matins où je suis disposé à assumer toutes mes responsabilités.

Comme ce matin. J'ai décroché, comme ça, un peu agacé. C'est vrai. La vie est ainsi faite qu'il y a toujours un connard qui s'emmerde dans Paris, qui ne peut pas vivre sans téléphone, et qui connaît mon numéro. Je hais le téléphone autant que je hais les gens qui s'emmerdent. Je hais ceux qui estiment normal de m'entendre répondre quand ils me sonnent. (*Dixit* Sacha Guitry, je crois.)

Ce que j'ai entendu m'a laissé sur le cul.

— Allô… Samuel ? a dit la voix.

Ça fait quand même un choc. On ne m'a pas appelé comme ça depuis… pas mal d'années. La voix ne m'était pas absolument inconnue. J'ai très normalement demandé à qui j'avais affaire. La voix a répondu : "Walter."

Walter, là-bas, à l'autre bout, a un peu rigolé. Un peu, pas très franchement. Il y avait de quoi. Walter ? Ça y était. Je situais complètement. Une histoire qui remontait au temps où la révolution était à l'ordre du jour. Au temps où les conseils ouvriers allaient prospérer. Où la lutte armée n'allait pas tarder à sévir. Au temps ou l'Internationale allait être le genre humain. Au temps où le camarade Samuel, vieux pseudo datant d'avant 68, y croyait encore, et dur comme fer. Le camarade Samuel, moi, Henri-Robert Victor Blainville, photographe tous azimuts et journaliste bien faible.

Lui c'était Walter. Francis en somme, comme il me l'a rappelé aussitôt, au téléphone. "Francis, tu te souviens ?" Je ne me serais peut-être pas souvenu. Nous n'utilisions entre nous que nos noms de guerre. Combattants que nous étions, sur front de luttes de classes.

Il était membre du comité central. Un militant en vue. Un battant, un méchant, qui terrorisait les assemblées générales avec sa grande belle gueule toute pleine des mots clés d'alors : le Parti, les tâches. Et la révolution.

Walter était de ceux qui en rajoutaient dans le genre violent et cynique. Un kominternien décalé.

Des vieux trucs me revenaient en mémoire, en l'écoutant bafouiller. Cette opération que nous avions montée contre un groupe de scissionnistes. Ça n'avait pas été propre. Une trentaine de types avaient rompu avec l'organisation (l'orga, comme on disait) en raison de je ne sais plus quelle irréductible divergence sur un point de doctrine décisif. Ils avaient décidé de construire le Parti dans leur coin. Comme c'est de rigueur dans ces cas-là, ils s'étaient barrés avec quelques ronéos et tout le fric des cotisations qu'ils pouvaient contrôler.

On avait décidé de récupérer tout ça. Sous la responsabilité de Walter, l'affaire avait viré à la guerre des gangs. Bien sûr, on avait remis la main sur le matériel piqué et sur une partie du fric.

Etait-il indispensable de casser la gueule aux mecs, de saccager leurs appartements ?

On s'était, lui et moi, sévèrement engueulés.

— C'est pas des fafs, quand même !

— Les traîtres, c'est tout comme.

Nous n'étions pas liés. C'était un fanatique, un emmerdeur. Mais, hélas, pendant tout un temps : un pilier. J'y repense : il était aussi un peu pédé et gêné de l'être.

Et puis le camarade Walter s'est effacé du paysage, un jour. Pour redevenir Francis, tout bêtement. Je ne sais plus trop quand, ni pourquoi, il a rendu les gants. Comme pas mal d'autres. Comme moi. Moi, c'était plus tard. Notation purement anecdotique. Ce n'est pas aujourd'hui que le pinaillage sur les dates de prise de congé de la révolution peut avoir un sens.

La gauche est au gouvernement et je n'ai pas envie de reprendre du service. Nous n'avons pas tenu la route et c'est tout. Des traîtres, Walter ?

Et qu'est-ce qu'il disait, maintenant, Francis ? Avec des "euh", des "tu vois", des "je sais bien mais", en résumé :

— Nous ne nous sommes pas vus depuis longtemps. Mais il faudrait que je te parle. Je voudrais avoir ton avis sur un truc.

De l'urgence dans sa voix. De la panique même. Ou alors c'est une idée que je me suis faite. C'était tellement cocasse, ce coup de fil.

Dans l'organisation, nous ne naviguions pas dans les mêmes eaux. Je n'aimais pas la manière dont il magouillait ses coups, toujours aux limites de la bavure (comme cette fois où il nous avait expliqué qu'il avait trouvé le moyen de tenir, par chantage, un dirigeant important d'un groupe gauchiste rival du nôtre ! – et le pire c'est qu'il n'avait été mis en minorité sur ce projet qu'à très peu de voix près !).

Quand il s'est barré discrètement, je n'ai pas compris qu'il disparaissait du décor. Je l'ai revu un jour, rue du Jour précisément, dans un vague café-théâtre. J'étais surpris. Il animait cette boîte, une ancienne boucherie reconvertie, au pied de Saint-Eustache. Avec des copains.

Cette rencontre nous avait gênés tous les deux. Nous avons échangé des banalités rapides, et puis nous nous sommes salués, sans même nous proposer le coup de fil-bouffe-faut se revoir, etc. C'était il y a un an ou deux.

Qu'est-ce qu'on pouvait bien avoir à se dire ?

Ce matin :

— Je voudrais te voir. C'est une histoire assez tordue, mais…

Inquiétude ou panique ? Quelle importance ? Qu'est-ce qu'il me voulait exactement ?

— Par téléphone, je ne peux pas t'expliquer, tu comprends ?

Il m'avait dit ça, ce con.

— Tu sais : c'est vraiment le genre de parano qui ne me travaille plus depuis quelques années.

— Comme tu veux. Mais il faut qu'on se voie. Très vite. Aujourd'hui, tu peux ?

J'ai dit que oui, peut-être. Mais il était pressant.

— A 18 heures. Passage du Caire.

Francis avait raccroché sur ces mots, comme s'il n'avait pas voulu me laisser le temps de refuser. Je n'avais pas envie de le revoir, mais j'étais intrigué. Je décidai d'aller à ce rendez-vous, pour voir.

Simplement pour voir et j'y suis à nouveau. Pas pour chercher Francis. Il n'était pas là tout à l'heure et je n'espère pas le trouver maintenant. Il serait simplement trop bête de ne pas vérifier ce qu'il y a dans cette vitrine, exactement. Retour donc sur les lieux du…

C'est de la blague tout ça. J'ai mal vu, trop content. *Etant donnés*, recomposé dans une vitrine du passage du Caire, j'insiste : ce n'est pas que c'est trop beau. Mais trop évident, ça, oui.

Je traîne. Je veux comprendre. Me donner du temps. Imaginons qu'il y ait vraiment un cadavre. Je suis le seul à le savoir – outre ceux qui l'ont placé là. Tout continue normalement. Les passants passent, les filles tapinent, et tout ce que j'observe en prenant un verre au café *Le Select* me confirme dans l'idée d'une vague banalité.

Une bière (je ne détesterais pas prendre quelque chose d'un peu plus musclé, mais ce sera pour plus tard, chez moi).

Maintenant, c'est fini. Mais dans les premiers temps, alors que je prenais mes habitudes passage du Caire et dans les lieux environnants, je venais dans ce bistrot, le plus proche. Je ne l'aimais pas tellement. A la terrasse, pourtant, j'avais appris à observer une jeune femme qui faisait son travail. Elle n'avait pas trop l'air de ce qu'elle était – dommage, d'un certain point de vue – et je l'observais longuement. En fait : je la déshabillais des yeux. Elle était toujours parfaitement élégante. Elle avait aussi cette particularité de porter toujours un chapeau, en général un feutre au bord très large ou parfois, les jours où elle se sentait plus canaille, une espèce de chapeau d'homme qu'elle rabaissait bizarrement sur l'œil.

J'aimais quand elle disparaissait avec un client – elle en refusait rarement.

Un jour, je me suis décidé. J'ai mis au point tout un discret dispositif pour la photographier. A mon grand étonnement – je réussis rarement les clichés trop prémédités – cela donna une très belle série de photos. Pour sceller les fiançailles avec la rue, j'appelai la fille "Dulcinée".

Francis n'a pas pu me proposer un rendez-vous passage du Caire par hasard. Le monument aux morts, gare Saint-Lazare, un bistrot quelconque, un jardin public : OK. Ç'aurait été dans la logique des choses. Des anciennes choses. Passage du Caire, c'est assez sophistiqué, je ne pouvais pas dire non.

Autant y aller. Je règle, je sors, je traverse, j'y suis.

Il y a du monde, une sorte de rassemblement, à peu près à la hauteur de la fatale boutique.

C'est découvert.

Mon petit truc intime est entré dans le domaine public. Il y a même un léger mouvement de badauds, la foule attirant la foule, qui s'engage dans la galerie. Pour aller voir, pour se rincer l'œil. Un accident, une bagarre, un meurtre, un voleur à la tire pris sur le fait, un joueur de bonneteau démasqué en flagrant délit de triche : c'est toujours bon à prendre.

J'hésite un peu. Parmi les gens qui sont là agglutinés, certains, les commerçants de la galerie, ont pu me voir tout à l'heure. Le coup de l'assassin qui revient sur les lieux, ils doivent connaître. Cette sagesse populaire qui remplit les prisons.

— Qu'est-ce qui se passe ?

C'est plus fort que moi, c'est tout naturel. Quand quelqu'un vous croise dans une allée étroite, venant d'un endroit qui vous intéresse, le quelqu'un, tout bouleversé, on lui demande ce qui se passe.

— Un crime !

Il se reprend.

— Une fille morte. Ou qui en a bien l'air… !

Il hoquette (rasta grassouillet, remarquable veste verte), un peu dépassé par cet événement que lui ont rapporté les gens, là-bas (geste vers les profondeurs du passage) où il semblerait, il n'y a pas de doute ("Non, messieurs, non, ce n'est pas un mannequin, on a des yeux pour voir, enfin !") qu'il y a… Quoi ?

Il est déjà tout plein de son importance de témoin au troisième degré.

— Derrière la vitrine, une vitrine bien sale, il y a un mur, et derrière le mur… il y a un cadavre.

— Vous l'avez vu ?

— Non, mais…

Un petit groupe se forme autour de nous. J'aime pas ça.

Un quoi ?

— Un cadavre ! Une fille. A poil. Vous vous rendez compte. Non mais : vous vous rendez compte ?

Je suppose que oui, mais je reconnais que ça dépasse tout. Des gens se précipitent plus avant dans la galerie, là où il y a quelque chose à voir. Je regarde. Autour de moi : des boutiquiers, des glandeurs, des clients. Je photographie.

— Vous êtes journaliste ? demande un vieux, très intéressé par mon matériel.

— Oui.

(Je suppose que oui, qu'est-ce que j'y peux s'il me tend la perche ?)

— Eh bien moi, je vais vous donner un tuyau (comme au cinéma : coup d'œil autour de lui, pour être sûr, tu parles, qu'on ne risque pas de surprendre sa confidence). C'est une fille qui a été corrigée. Qu'a pas filé droit. Des fois, ça tourne mal.

Ah bon. Un petit pépère, bonne gueule, pas franche mais bonne, le genre à mater tout ce qui se passe, à connaître son monde. Ce dernier très exactement bloqué entre porte Saint-Denis et fontaine des Innocents. Là où il vit depuis soixante ans. Où il y a des choses à voir.

C'est ce qu'il me dit, du moins.

— Les flics ont été appelés ?

Ce que j'en sais, moi ! Me voilà questionné, sollicité. Un journaleux, c'est au parfum, non ?

— Une punition, je suis sûr que c'est ça. Vous pourrez le dire…

— Dans une vitrine, c'est quand même curieux.

— Dans le quartier ? (dis donc, jeunot, tu débarques dans le métier ?)… Il y a un type qui s'est fait brûler en s'aspergeant de pétrole, à pas dix mètres d'ici, la semaine dernière (il reprend son souffle)… Alors, une fille corrigée…

C'est qu'on en voit de belles, par ici.

— C'est pour quel journal, au fait ?

Je photographie. Je dis que le journal, c'est *Le Soir* ("Ah bon ? C'est gauchiste, ça ?"). Me font chier. Mais j'y suis, donc je flashe. Je n'ai rien à me reprocher. Je suis témoin, tout au plus. On me parle.

— Vous, monsieur, vous venez souvent dans le passage.

Il est tout sourire, pas agressif pour un sou. Il est sur le pas de sa porte, sanglé dans sa blouse grise. Je l'ai déjà vu cent fois lors de mes virées ici, pardi, dans la journée, quand il y a foule, ou bien quand c'est désert, après la fermeture des magasins. C'est même lui qui, une fois, m'a ouvert les grilles alors que je m'étais fait bêtement enfermer. C'est comme ça. Les passages sont privés. Après une certaine heure, on ferme les grilles. J'avais pas fait attention. Je prenais des photos. Il avait fallu que je demande à un riverain de m'ouvrir les portes. Lui.

— Oui. C'est curieux ce qui se passe.

— Oh ! On en voit tellement… !

Gentil. Ne demande qu'à causer. Ne comprendrait sûrement pas que *moi* je n'aie pas envie de causer.

— J'me doutais bien que vous étiez quelque chose comme journaliste. C'est normal, hein : on remarque.

— Naturellement.

— Vous allez faire un article ?

— Sûrement (porte de sortie). D'ailleurs, vous m'excusez, je vais aux renseignements.

— Je vous en prie (tout sourire, plus que jamais), faites votre travail (je salue de la main)… remarquez (je suis déjà à plusieurs mètres)… vous avez *déjà* vu ce qu'il y avait à voir.

Voilà qui promet ! Je m'éloigne. Je suis à quelques mètres de la fatale vitrine quand quelqu'un dit : "Les voilà !" Un groupe de flics se profile dans l'entrée du passage, en bas, rue Saint-Denis. Rumeurs. On leur fait de la place. Je m'éclipse.

Mon vélo est toujours là, près du monument de la très belle et très inutile porte Saint-Denis. Avant de rentrer chez moi, un petit détour par le rayon "Beaux-Arts" de la FNAC s'impose. Mes connaissances en art contemporain sont décidément par trop lacunaires.

Il y a maintenant deux cars de flics devant l'entrée du passage du Caire. Je passe.

Rien n'indique qu'il y ait un lien entre mon rendez-vous avec Francis et ce fait divers. Rien.

Je suis seulement persuadé du contraire.

Je me suis servi un verre, j'ai branché la radio (c'est je ne sais pas quoi, du rock qui cogne) et je me suis préparé deux énormes hot-dogs. Kamenev, Zinoviev et Radek sont repus. En avant pour ce labeur d'amour et d'humidité qu'est le développement d'une pellicule. Je m'y mets, vite. C'est une hâte habituelle qui n'a rien à voir avec l'affaire (je suppose que c'est une affaire, maintenant), à chaque fois qu'une série est terminée, mise en boîte, c'est comme ça : la même excitation.

Quelques minutes en chambre noire. Je mets la pellicule dans la cuve, puis le bain. Lumière. Et sonnerie du téléphone.

C'est Francis. Comment pourrait-ce ne pas être Francis ?

— Je n'ai pas pu venir. Je…

— Qui était la fille de la vitrine ?

(Petit temps, pas très long.)

— … Quelle fille ?

Pas très long mais un peu trop. Chacun s'en rend compte. Lui, surtout. Changement de registre.

— Tu ne devrais pas dire des choses comme ça au téléphone.

Comment savoir s'il se fout de ma gueule ou s'il est encore perdu dans son vieux trip parano-gaucho ? J'avale un grand morceau de hot-dog.

— Pourquoi tu n'étais pas là ?

Pas assez de moutarde. Silence. Impression nette qu'il met sa main sur l'appareil, qu'il y a quelqu'un avec lui à l'autre bout de la ligne. Je cherche des yeux mon paquet de gauloises.

— Je ne peux rien te dire maintenant (bruits). Je te contacterai bientôt.

C'est ça. Bientôt. Je raccroche, un brin en colère, et c'est idiot. Maintenant, mon seul lien avec cette histoire dépend du bon vouloir de cette espèce de faisan qui m'a toujours énervé.

Je vais chercher la moutarde. Radek vient de dégueuler dans l'entrée. C'est qu'il bouffe trop et trop vite, l'animal. Comme s'il avait manqué quand il était bébé. Cette flaque est gênante. Tout le monde est assez clairement ligué contre moi. Francis, le chat et le boutiquier du passage. Je ne suis pas absolument convaincu de l'intérêt de cette histoire.

Flottement. Je tourne et retourne à ma cuve à développement. Est-ce qu'il s'agit d'une farce ou est-ce que c'est sérieux ? J'ai cinquante mille trucs à faire : ma vie à gagner, des photos à prendre, un chagrin d'amour à assumer, quelques petits boulots en vue, et la routine alimentaire du studio. Il y a une pile de bouquins qui s'accumulent au pied de mon lit, j'ai des chats à nourrir. Et puis tout le reste, que je retarde, que je frôle (mais pourquoi se frotter, quand on sait que ça va faire mal ?). Une dérive, en quelque sorte. Alors : la chute d'eau et le gaz d'éclairage, ça peut éventuellement attendre !

Encore que...

C'était quand même un drôle de type, Marcel.

La pellicule doit être prête.

Enchaînement tranquille des gestes de routine : transfert des liquides, rinçage, réglage de la pendule de labo, etc. Derrière tout ça, la tension monte. A chacun ses plaisirs discrets. Sur le mur, devant moi, épinglés : toute cette quantité de petits bouts d'essais photographiques. Des brouillons. Des planches-contacts plus ou moins réussies. Des notes, des pense-bêtes, des fiches. De minuscules fragments de papier sensible impressionné. Là : un bout de verrière d'un passage couvert (les passages en morceaux sur tout le mur). Là : des bouts de visages, de passants, de copains, d'amis même (mais c'est plus rare et dans tous les cas, ce sont d'anciens amis – pourquoi ai-je fait le vide comme ça ?), de femmes que j'ai aimées ou pas. Des chats.

Un bout de sein, un cul, une main, les mannequins (les vrais) du passage du Caire, le visage très agrandi de la petite Vietnamienne du passage Jouffroy, les cires du musée Grévin. Marie un peu partout, mais toujours en photo morcelée ("D'ailleurs, je ne me reconnais *jamais* sur tes photos, jamais").

Tic-tac du réveil. Drôle de puzzle, que personne et surtout pas moi ne se soucie de reconstituer, dont les pièces épinglées se juxtaposent, se chevauchent, tout comme ailleurs j'accumule, empile, entasse, sur des rayonnages, dans des boîtes, des dossiers, des cahiers. Tout ça.

Assez bêlé ! J'essore la pellicule.

Le négatif tendu vers la lumière, comme une longue bande dessinée. Quelques photos de rue, l'entrée du passage. Nous y voilà. Mais il n'y a rien, rien qu'une succession de clichés absolument sous-exposés, inutilisables.

Pas la peine d'insister. C'est raté. Je n'ai rien vu passage du Caire.

Quelques taches dérisoires sur un négatif, ça ne fait pas le compte. Ni corps étendu, ni lampe à gaz, ni chute d'eau, rien. C'était trop sombre, j'ai dû bouger, la vitrine était sale, j'ai pris mon désir pour la réalité, il n'y avait rien à photographier, rien à voir : circulez !

Les autres négatifs ont l'air très bien, mais c'est autre chose, pour plus tard. Pour l'heure, j'ai de quoi lire.

II

Samedi 20 juin, 10 heures. Les journaux, le chocolat, les bouquins et les notes. Sans oublier les photos. Tout ce qu'il faut pour démarrer après une curieuse nuit.

Les journaux, je suis descendu les acheter en vitesse au kiosque du coin, comme d'habitude. Mais, contrairement à l'habitude, je ne me suis pas accordé un petit tour sur les quais du canal Saint-Martin. J'ai juste présenté mes respects, comme il convient, au buste de Frédérick Lemaître dans son square. La grisette en face a dû se contenter d'un petit signe lointain.

J'aurais peut-être pu m'attarder un peu plus. Il y avait sur le quai de Jemmapes une belle lumière de matin de printemps.

Tant pis ! Ce matin, c'est chez moi que ça se passe, pas à une table de bistrot entre (quel bonheur) le juke-box et la table des fanas du tiercé.

Je suis donc remonté prestement. Comme ils insistaient vraiment, les chats ont eu droit à un petit supplément tandis que je sacrifiais au rituel de mon propre petit déjeuner. Simple et efficace. D'abord, verser le cacao dans le bol. Puis, faire lentement couler le lait (presque du goutte à goutte), et broyer, malaxer la matière avec une cuillère. Faire une pâte bien homogène – le lait doit être tiède. Après, lorsque c'est bien onctueux, on peut verser le lait plus vite, mais toujours en touillant bien. Faites chauffer et consommez.

Derrière le bol de chocolat fumant : une pile de bouquins. Ceux achetés hier à la FNAC. Rien lu, tout parcouru. Ils sont maintenant entrelardés d'une quantité de petites fiches. J'en ai appris de belles ! Quelle nuit !

Aucune discussion possible : ce que j'ai vu hier, photo ou pas, était une reconstitution délibérée de *Etant donnés*. J'ai la reproduction sous les yeux (page 136 du catalogue de l'exposition organisée par le musée national d'Art moderne – Centre Georges-Pompidou, 31 janvier-2 mai 1977). En plus sombre, en moins raffiné dans le décor, avec des parpaings à la place du mur de pierre et une vitrine encrassée au lieu d'une porte de bois, avec des tas d'autres petites bricoles qui ne devaient pas être tout à fait identiques : en gros, c'était quand même ça.

Etant donnés, donc. Comme pour toutes les œuvres de Duchamp, les exégèses abondent, les controverses. Qu'a-t-il voulu faire, exactement ? Comme pour *La Mariée mise à nu par ses célibataires, même*, la question est inépuisable. Quelqu'un, passage du Caire, a apporté une réponse très personnelle.

Rêverie sur tout ça, en feuilletant les journaux. Qui se fichent comme d'une guigne de Duchamp et des passages. Demain, après le succès présidentiel, la gauche va gagner les législatives, c'est sûr. On attend un raz de marée électoral, une grande tornade rose sur la Chambre. Bon. Les temps changent et je m'encroûte. Je le savais déjà.

"Crime surréaliste dans un passage marchand" : c'est le titre de l'unique écho de presse consacré à ma petite aventure. Je trouve ça dans *Le Quotidien* : une brève, rapidement brodée à partir d'un communiqué des flics. "Surréaliste", ce crime ? Ce n'est pas exactement ça, mais passons. On ne tient plus les chers collègues. D'après le papier, la fille n'a pas été identifiée. Le cadavre trouvé (aperçu, en fait) par un commerçant était disposé au milieu du bric-à-brac d'un décor de vitrine. Aucun papier, aucun vêtement. Le magasin, au dire des riverains, était inutilisé depuis plusieurs mois, mais on y a parfois observé des allées et venues. Dans le journal, pas de photo, pas de détail. Pour la forme, la conclusion évoque l'hypothèse d'un règlement de comptes dans les milieux de la prostitution. Assez curieusement, le contenu de l'article ne justifie en rien le titre. Il y a en revanche quelqu'un, un flic vraisemblablement, qui a vu le cadavre et qui a fait le rapprochement. Pas de doute : la police est en train d'évoluer. On sonne à la porte.

Il est 11 h 30, j'ouvre. Il a l'air de ce qu'il est : un flic. Un flic new-look, mais un flic. La quarantaine en vue, le poil honnêtement longuet et la fringue, jeans-tweed, pas très différente de la mienne. Bonne gueule un peu fatiguée d'un type qui doit se taper autre chose que des contractuelles. Pourquoi je pense que c'est un flic, au fait ? Sans doute parce que je l'attends plus ou moins, c'est inévitable au fond, et qu'il me tend sa carte avec une courtoisie discrète.

Je suis certain qu'elle est conforme. Je la regarde quand même attentivement. Il s'appelle Villon. Il me demande si je m'appelle Blainville. Il remballe ses papiers ; j'oublie quel est son grade exact. Je n'ai jamais été doué pour ça. Peut-il entrer ? Il peut. D'autant plus que les trois chats sont à mes pieds et lorgnent vers la porte entrebâillée et, au-delà, le palier, l'escalier, l'aventure, la vraie vie. J'ai toujours l'air un peu niais quand (excusez-moi, ils sont terribles) il faut que je bouscule mes visiteurs pour courser mes matous, déjà en route vers le sixième étage.

Il entre. Je le guide vers le living, une pièce convenable. Suivant ma suggestion, il se pose sur le fauteuil en osier (chinois ou thaïlandais, je ne sais plus), celui qu'aiment tant Kamenev et Zinoviev quand elles veulent se faire les griffes (Radek n'a pas encore réellement de truc à lui, il fait des dégâts partout). Un siège très confortable à mon avis. J'ai été un peu frustré de le leur céder.

Un flic dans leur fauteuil : mes chattes bolcheviques quittent la pièce. Radek, qui n'a aucune dignité, ne moufte pas devant la présence de l'intrus. Il s'installe papattes en rond, bien à l'aise sur l'ampli-tuner (on réglera ça plus tard). Je m'assieds sur le divan et j'attends.

Il n'est pas pressé. Il regarde autour de lui, sort ses cigarettes, m'en offre (gauloise contre gauloise, j'ai les miennes, merci), regarde encore. Il peut tant qu'il veut. C'est une bohème de bon goût, entre Habitat et le Comptoir français de l'Orient et de la Chine, tout envahie de rangées de bouquins, de disques, de cassettes, de gadgets pour enregistrer et faire entendre des bruits, pour faire des images, les projeter. Il y a des dessins, des lithos, des photos, mes trucs, tout mon petit bordel.

— Sympa, chez vous.

— Content que ça vous plaise.

Ça a l'air de lui plaire vraiment, mais tout a une fin et on passe gentiment au vif du sujet. Il sort un calepin de sa veste (si j'osais, je lui demanderais bien l'adresse de son tailleur), très cool. Il a l'air convaincu que je connais mes droits, je suis certain qu'il sait jusqu'où il peut pousser les siens. Je ne suis pas un travailleur immigré. Advienne que pourra.

Il vérifie qu'il ne se trompe pas d'adresse ("Quai de Jemmapes... c'est très chouette comme endroit", dit-il, et j'approuve – mais pourquoi dit-il *aussi* que c'est chargé d'histoire ?), décline une nouvelle fois mes nom et prénoms : Henri-Robert Victor Blainville ("En fait, vous avez opté pour votre deuxième prénom, je crois ?" – il croit ? d'où sort-il ça ? Mais il a raison. Allez donc vous appeler Henri-Robert, vous !).

— Blainville, c'est le nom d'un petit patelin en Normandie, non ?

— De l'Eure. Mais je n'y peux rien.

— Profession : photographe.

C'est ça. Un peu de studio : de la pub, des press-books, des portraits, des machins comme ça (ouais,

ouais ! l'un dans l'autre, je m'en tire pas mal) et puis des piges de-ci de-là, du journalisme quoi, parce que c'est quand même plus marrant.

Après ? on avance plus prudemment. Moi du moins. Lui y va carrément.

— Vous êtes au courant de l'affaire du passage du Caire ?

Pas brutal, faut pas croire. Tout naturel. L'affaire du passage du Caire ? Sur la table basse, juste en face de lui, le canard est ouvert à la page des infos géné. Sur les murs, partout autour, il y a des photos de passages. Pas seulement le Caire. Tous les passages (une fois réunis les meilleurs tirages, ça pourrait peut-être faire un livre, un album, je ne sais quoi).

— Des endroits bien intéressants, bien curieux…

Je le regarde attentivement.

— Avec leurs verrières… "La lumière moderne de l'insolite", disait Aragon, je crois…

Il lève les yeux. Je suis littéralement médusé.

— C'est ça, non ?

Et il insiste, ce con. Je sais maintenant qui a suggéré le titre au pisse-copie du *Quotidien.* Mais ce n'est pas ça l'important. "La lumière moderne de l'insolite"… quelle ânerie ! Faudra qu'il fasse des efforts pour remonter la pente. Mais ce n'est pas tout ça.

On va où, exactement, flic ?

On s'allume une autre cigarette. Il se penche en avant, voix basse, un peu sourde.

— Vous n'êtes pas spécialement en cause… voici ce qui se passe. (Il prend un ton très "leçon de choses".) Le cadavre de la fille a été relativement facile à identifier (soupir) : les empreintes... toujours les empreintes. Cette nana a été interpellée je ne sais combien de fois. Dans des manifs (un temps) : vous savez ce que c'est.

Je sais. Et je commente. Il n'est pas tellement légal de prendre des empreintes des gens interpellés pour vérification d'identité. Ni de les photographier, par exemple. Qu'est-ce que c'est que cette histoire ? A tout hasard, je hausse un peu le ton.

Il m'apaise d'un geste conciliant. Il est bien d'accord, Villon le poulet. J'ai raison. Mais on n'est pas là pour éplucher le guide du militant.

— Aucune condamnation. Rien de grave. Cette fille a simplement consacré une bonne partie de sa vie à défiler dans les rues sous les banderoles les plus diverses. Surtout au cours des années soixante-dix (tassement de la tête dans les épaules, geste fataliste de la main qui tient une cigarette) : ça se photographie tout ça. Alors, nous avons fait le recoupement avec les clichés de collègues des RG. Elle y figure abondamment. Vous aussi d'ailleurs. Et parfois vous êtes ensemble.

Nous y voilà. Ce genre de démonstration imparable qui ravirait un mec comme Francis. Villon se cale dans le fauteuil.

— Comme, à l'époque, vous étiez relativement connu des collègues en question, il n'a pas été très difficile de vous retrouver. La routine.

Il sait très bien ce que je pense, il me suit pas à pas. J'ai déménagé il y a près de deux ans. Sans laisser d'adresse, ce qui était bien mon droit. Je suis en coquetterie avec l'administration des Impôts qui, *elle*, ne parvient pas à me retrouver. Et tous ces épisodes sont bien postérieurs à l'interruption de mes activités politiques. Villon et ses copains m'ont, quant à eux, logé en moins d'une demi-journée !

Un ange passe. On ne va évidemment pas se mettre à disserter, lui et moi, sur les libertés publiques.

— Qui c'était, cette fille ? Elle s'appelait comment ?

— Vous ne le savez pas (mine sincèrement étonnée) ? Elle s'appelait Yvonne. Yvonne Enamelede. Un curieux nom, soit dit en passant.

Ça dépend comment on envisage les choses. Mais, mis à part la culture générale l'Enamelede en cause ne me semble pas avoir eu affaire avec le gauchisme des années soixante-dix. Plutôt avec une bonne blague des années 1916-1917, signée Marcel. De qui se moque-t-on ?

Villon, sérieux comme un pape :

— On l'appelait aussi Brogna.

Ça vire à la grosse farce. Un flic chez moi, tellement sympathique que je ne vais pas tarder à lui offrir un verre (qu'il refusera, puisqu'il est en service), qui m'expose gentiment ses méthodes de travail, qui semble connaître sur le bout des doigts l'album de famille, et qui me parle de – comment dit-il ? Brogna – non, mais enfin : c'est qui, Brogna ?

— C'est qui, Brogna ?

— C'est Yvonne. "Brogna", c'est un pseudonyme. Un nom de guerre (très doux, Villon, très pédagogue). Vous, monsieur Blainville, par exemple, on vous appelait Victor, bien sûr. Mais dès qu'il s'agissait d'activités un peu moins avouables, vous deveniez Samuel. C'est la vie. Vous autres, vous deviez prendre des précautions, c'est normal. Quand on fait dans la lutte révolutionnaire...

Il a un bon sourire, le flic Villon, et moi je rigole un bon coup. Il se donne un mal de chien pour me faire comprendre que tout ça, c'est notre folle jeunesse et qu'il n'y a pas de quoi en faire un plat. Mon rire le met à l'aise. (Il va sans dire que personne n'est dupe : on avance en biais.)

— Au fait, puisqu'on parle de ça, expliquez-moi. "Samuel", c'est un pseudo bizarre. A ma connaissance, vous n'êtes pas juif ?

— Non. Mais... il y a une empreinte très forte de tout ça qui a pesé sur les organisations révolutionnaires. C'est connu. Alors, tant qu'à changer de nom, autant changer de racines.

J'hésite, je joue un peu avec ma gauloise et puis je relève le nez.

— L'idéal serait évidemment de pouvoir changer de sexe.

Il ne tient pas à s'égarer. Pour le reste, et puisqu'il n'a pas mené son enquête jusque-là, il m'appartient, et à moi seul, de savoir comment les Blumfeld sont devenus Blainville, au milieu des années quarante.

Toute digression mise de côté, il a une enquête à mener et il espère un minimum de collaboration ("Je comprends vos réticences idéologiques, mais..."). Il me confie même que, depuis le mois de mai, la police change un peu. Que certains (lui ?) s'y sentent plus à l'aise. Mais on ne s'étend pas là-dessus. Il lâche les chiens.

— Inutile de tourner autour du pot. Puisque vous êtes photographe, voici quelques clichés (nouvelle clope). Comme vous le savez (je sais), vous n'êtes pas tenu de faire de commentaires. A vous de juger.

On ne peut être plus aimable. Je m'attends donc au pire. Je prends la première photo. J'ai raison.

C'est une photo de manif. Un visage dans le tas est entouré d'un rond au feutre rouge. Yvonne, je suppose. Un visage qui ne me dit pas grand-chose, au milieu d'un bloc compact de copains qui se tiennent en chaîne, comme s'ils allaient à la cogne. Treillis guévaristes, blousons de cuir kominterniens, hampes de drapeau de diamètre respectable au cas où : le style militaro des belles années ! Il y a même les casques de moto à la ceinture. D'après le coin de banderole visible, il doit s'agir d'une manif Indochine.

Scandé : *"Salut – Frères vietnamiens, soldats – De toute première ligne – dans les tranchées du prolétariat mondial, en lutte – contre – l'impérialisme !"* Frissons.

Date ? 1970. Ou 1971, probablement. Archives contre mémoire, Villon gagne : "1971".

D'accord, puisqu'il le dit. Il y a pas mal de têtes que je connais sur cette photo, et ça ne fait pas du bien. Parmi ces têtes : la mienne. Et au dos de la photo : une liste de noms. Dont le mien. Je tapote la photo.

— Vous en avez beaucoup comme ça ?

— Pas mal, dit Villon. J'ai pris la meilleure. Cet homme est sympathique.

La deuxième photo, c'est Yvonne encore. Elle est à la tribune d'une assemblée générale, elle parle. Le visage est tendu et le geste du bras un peu crispé. La photo a dû être prise du haut d'un amphi. On distingue quelques rangs de gradins, des gens assis, de dos. Jussieu, Nanterre, Vincennes, Censier, qu'en sais-je ? Je ne suis plus tout à fait un étudiant. Ça fait une paye que je ne me suis pas pointé dans une fac pour y clamer la bonne parole.

La prise de vue n'est pas très bonne. Les RG travaillent comme des cochons.

— Ils n'ont pas non plus des conditions de travail idéales, commente Villon, pudique.

Une silhouette un peu floue, derrière Yvonne, qui se découpe sur le tableau noir. Ça ressemble à Francis, mais je ne pourrais pas en jurer. Au verso, seul le nom d'Yvonne est indiqué. (J'y repense : Yvonne Enamelede !... C'est trop grotesque.)

Troisième photo. Toujours Yvonne, mais changement de genre. Changement complet. Cette fois, elle est à poil, posant bien en face de l'objectif, visage extasié et cuisses largement ouvertes. Elle se branle et y prend un plaisir visible. Ou, du moins, bien feint. La photo est comme volontairement médiocre.

— Il semble qu'elle se faisait du fric, parfois, avec des photos de ce genre. Vous saviez ?

On ne peut pas tout savoir.

Je laisse de côté le vague émoi qui me gagne. J'ai toujours eu un faible pour les photos pornos. Il y a quand même un détail étonnant. Je me le réserve pour plus tard.

Quatrième photo. La fille est encore nue, mais prise de plus loin. Elle descend l'escalier d'un appartement en duplex. Malgré un éclairage qui devait être tout à fait convenable, le temps de pose a été long. D'où un "bougé" intéressant. On n'en sort pas.

La dernière photo. C'est Yvonne une fois de plus, très décente à nouveau : lunettes noires, imper strict, sac de voyage sur l'épaule. Elle est dans le hall d'une gare. Je ne sais pas laquelle. Baisse de tension.

Alors ?

Alors, rien. Question de principe. Pas inculpé, donc : rien à dire. Pas de déclaration. Il comprend. Je comprends aussi.

Que je suis piégé.

Il y a un peu longtemps que je n'ai pas joué aux échecs, mais je me souviens encore comment on avance les pions et surtout, au-delà des règles – mais en s'y conformant strictement –, le type de défi que se lancent les joueurs. Là, théoriquement, je ne peux pas confier à ce brave flic que je trouve étonnant que cette fille (comment s'appelle-t-elle, déjà ? Yvonne… Yvonne Enamelede, quelle dérision !), que cette fille, donc, qui avait (selon les photos) une toison pubienne relativement bien fournie (très intéressante en y repensant, d'où nouvelle tension), se soit retrouvée à l'état de cadavre.

Mais qui donc sait que j'ai vu le cadavre ? Villon ? C'est cela le piège. Il l'apprendra un jour ou l'autre. Il a peut-être déjà appris que je me trouvais hier dans le passage, en fin d'après-midi. Quand on a découvert le corps. Et avant ?

Suffit de montrer ma photo aux riverains. Villon sait se servir des photos et dix personnes lui donneront le renseignement qu'il cherche. Au fond : ce n'est pas la tempête sous un crâne. Tout principe mis à part, je n'ai rien à lui cacher, à ce mec. Constatant que, de toute façon, il m'écoute penser, je m'explique, et il est content. On a gagné du temps.

— Bien raisonné, dit-il le plus naturellement du monde. J'ai procédé ce matin de bonne heure à ces petits interrogatoires, avec mes photos. La routine, toujours. Un boutiquier et une pute vous ont vu entrer dans le passage, vers cinq heures et demie, ou peut-être six heures moins le quart. D'après le boutiquier, vous êtes un familier de l'endroit, il vous connaît bien, il vous trouve sympathique. La pute, une très belle fille, vous trouve énervant avec votre appareil photo. Si vous montiez de temps à autre, elle vous trouverait adorable. Bref (il se délecte, je le comprends), un peu plus tard, vers six heures et demie, un commerçant qui effectuait pour son compte une espèce de ronde a découvert le corps. Il y a eu un attroupement et on vous a encore vu. Vous ne vous cachiez pas le moins du monde, et vous avez posé des questions aux gens. Vous vous êtes présenté comme journaliste, ce qui est parfaitement légitime – nous avons fait les vérifications nécessaires –, mais vous ne vous êtes pas attardé. Voilà. Vous n'auriez pas quelque chose à boire ?

Je vais chercher un pack de bières dans le frigo, des verres. Cette histoire m'échappe complètement, ce flic me déroute, et c'est vrai qu'il fait soif.

Je n'ai rien fait d'illégal depuis plusieurs mois. Je ne comprends rien au rôle qu'on me fait jouer et je le joue plutôt mal, il fait un temps magnifique dehors (merveille du canal !) et Radek a abandonné le tuner pour une pile de linge fraîchement repassé. Le flic avale une grande gorgée de mousse et, compatissant, dit :

— Ça va un peu à l'encontre de vos habitudes, tout ça.

Il ajoute :

— … de vos habitudes passées. Vous avez rendu les gants, non ?

A-t-il, oui ou non, une tête à claques ?

— Exact.

Liquidée, la canette.

— Pas de problème : tout le monde a le droit de se trouver passage du Caire un vendredi en fin d'après-midi. Rien à dire (il me montre le mur, d'un doigt) : vous me ferez voir vos photos ? J'aime bien ces endroits-là (il s'enfonce dans son fauteuil, mon fauteuil, celui des chattes, mais qu'est-ce qu'il fout ici ?). Au fait : qu'est-ce que vous pensez de ce pubis rasé ?

— Chacun ses goûts. Demandez à son amant.

— Vous avez été son amant ?

— Jamais.

— Les photos pornos ? C'est vous qui les avez prises ?

— Non.

— La camarade Brogna ? Vous connaissiez un peu ?

Je pousse vers lui une nouvelle bière et je m'en décapsule une pour mon compte.

— Je vais vous expliquer... Voyez-vous : j'ai fait des tas de manifs avec des milliers de personnes que je ne connaissais pas intimement.

Plaise au ciel que je ne passe jamais une soirée avec ce type dans une brasserie : je ne tiendrais pas la route. Il contemple son verre vide.

— Certes.

Sans attendre, il en entame une nouvelle, sort son carnet, laisse son regard errer un peu partout autour de lui, se reprend.

— Moi, je m'en fous que vous ayez fait chier les collègues en leur balançant des pavés sur la gueule. Ils sont payés pour ça et vous aviez vos raisons. Moi, je suis flic syndiqué. Moi, je n'ai rien contre vous.

"On a gagné ! On a gagné !" hurlaient les manifestants – moi dans le tas – au soir de la présidentielle. Comment oublier que, désormais, les flics sont censés être démocrates. Lui ?

Autre gorgée de bibine, autre haussement d'épaules, autre clope. Il savoure. Il médite, rote un brin. Hausse encore les épaules. Un art consommé. Bogart lui-même n'a jamais eu l'air aussi désabusé, épuisé, tenace.

— Il y a juste deux ou trois trucs que je voudrais comprendre.

C'est inévitable, je l'ai vu venir : il me sort une autre photo de son calepin, me la tend. Je regarde. Moi, dans un passage. Pas celui du Caire : le passage Jouffroy. Je reconnais bien, ce n'est pas difficile. Il y a l'*Hôtel Mozart*, au fond. Et ma pomme, sac photo sur l'épaule, l'appareil à la main, qui glande. Encore un cliché techniquement pourri, tiré de manière infecte. Mais c'est moi. D'où sort-il tout ça ? Qu'est-ce que c'est que ce merdier ?

Bâillements du camarade syndiqué.

— Pas de quoi s'énerver. C'était dans la chambre qu'occupait Yvonne. Les RG avaient une adresse et c'était la bonne. On a perquisitionné, évidemment. On a trouvé ça sur sa table, pas caché, dans une vieille boîte verte.

Il me fixe avec, dans l'œil, quelque chose qui pourrait ressembler à de la compassion.

— Sur la table, chez elle, il y avait un drôle de bric-à-brac. Des tas d'objets bizarres. Vous voyez ce que je veux dire.

Je ne vois pas et ça se voit. Lui, je n'en jurerais pas, a l'air un peu gêné.

— Ben… des tas de trucs, des moulages, des choses en plâtre ou en plastique.

— Des objets d'art ?

— Non !

— Des godemichés ?

— Oui (soulagé), oui. A peu près. Peut-être. Ça pouvait être ça. Et puis il y avait aussi des espèces de moulages de... (c'est dur, pas vrai ?), de son... sexe, de... (un souffle). Tout ça à elle. Le labo a vérifié.

Faut-il rire ?

Pas tellement. Il se reprend et revient à la photo.

— Elle a été prise quand, à votre avis ?

Sais pas. Ces dernières semaines, sûrement. Les fringues que je porte là ? un blouson en cuir, des jeans, etc. – tenue habituelle. Je suis fourré dans les passages plusieurs fois par semaine. Je ne sais pas qui a pris cette photo. Il paraît qu'il y a des tas de gens qui photographient dans les passages couverts. Pour tout dire : je m'ennuie un peu.

Villon change de branchement.

— Savez-vous comment Yvonne est morte ?

Comment veut-il que je sache ?

— Pas la moindre idée.

Il suit son idée.

— Le gaz. Elle est morte asphyxiée. C'est ce qui explique la couleur de la peau. Typique dans ces cas-là. Vous savez ?

Non, je ne sais pas. Chacun sa spécialité.

— Problème. Il n'y a aucune canalisation dans le magasin. On l'a transportée là après sa mort.

Il marque une pause. Histoire de me laisser réfléchir. Il hésite même à entamer une nouvelle canette (service-service). Clin d'œil en coin.

— Le corps ne porte aucune trace de violence. Il est peu probable qu'on l'ait asphyxiée de force. Pour être franc : si on l'avait trouvée dans un autre endroit, on aurait conclu à un suicide. Seulement, voilà : elle n'a pas pu se suicider là. Qui l'a transportée dans cette boutique ? Et pourquoi cette mise en scène à la con ?

Oui, au fait : pourquoi ?

Il sourit. C'est la première fois. Ce n'est pas spécialement agréable.

— Et vous, l'ancien bolcho rangé des bagnoles : qu'est-ce que vous faites dans le tableau ? Qu'en pensez-vous ?

Je me lève. Je vais chercher dans la bibliothèque le catalogue de l'expo Duchamp. Je lui montre la photo pleine page, en couleurs, d'*Etant donnés.*

— C'est ça, non ?

Il en est tout réjoui.

— Content de voir que ça vous a frappé, vous aussi (il pianote sur la table). Quand j'ai parlé de ça à mes petits camarades à moi, ils m'ont regardé avec de grands yeux ronds.

Puis (agacé, comme s'il était maintenant pressé d'en finir) :

— J'ai largement de quoi faire de vous mon suspect numéro un. Je pourrais vous faire inculper.

Il tripote une petite boîte en cuivre qu'il a prise sur la table. Elle est raisonnablement pleine d'herbe. Il la repose sans l'ouvrir.

— Je préférerais que vous me racontiez des trucs.

Re-sourire, un peu forcé. Pas si facile que ça d'être un flic de gauche.

— En admettant que vous ne soyez pour rien là-dedans... En admettant que vous vous soyez trouvé là par hasard... Vous allez faire une enquête, non ? Après tout : vous êtes journaliste.

Il n'y a que lui pour s'en souvenir.

— Peut-être.

C'est vrai qu'après tout, je suis aux premières loges sur un coup qui sera peut-être juteux. Un scoop ?

— Alors, tenez-moi au courant. Et ne vous éloignez pas trop, dit-il sobrement.

Il se lève, se dirige vers la porte. Il jette – ce n'est pas spécialement indiscret, puisque la porte est restée ouverte – un coup d'œil sur le studio photo. Une grande pièce dans l'appartement, aménagée à des fins professionnelles (les spots, les rouleaux de papier et de tissu, les posters, les dossiers de travail sur d'autres rayonnages, archivés, encore).

— Vraiment très sympa, chez vous.

Dans l'entrée, il glisse sur une flaque de vomi de chat.

Je le prie d'excuser. Il jure qu'il comprend, qu'il n'y a pas de mal. Lui aussi a un chat. On se serre la main.

Sans rire : on se serre la main ! Ça se passe maintenant et, Dieu merci, il n'y a pas de témoin, ma pogne dans celle d'un flic ! Mais c'est rapide. Comme il a l'air de trouver la situation aussi incongrue que moi, il se ravise.

— Dites… au cas où vous ne vous seriez pas trouvé exactement par hasard, hier, passage du Caire… s'il y avait eu… un rendez-vous, par exemple, ou une indication quelconque sur ce qui pouvait s'y trouver… faudrait me le dire, un de ces jours.

Il me laisse, très dans la norme, deux numéros de téléphone où je peux le joindre, le cas échéant, hausse les épaules une dernière fois et se barre.

Je m'étais presque habitué à sa présence.

Seul. Autant faire les choses sérieusement. J'abandonne la Kronenbourg pour le Jack Daniel's. Le monde n'est pas plus gai au deuxième verre, même en mettant Portal plein pot sur la chaîne. Si je ne réagis pas très vite, je vais échouer dans la *Cinquième* de Mahler, ce sera sublime mais terrifiant pour mon moral.

Je suis dans le bain jusqu'au cou. Mais quel bain ? Je ne me souviens pas du tout d'Yvonne Brogna. Je ne lui ai pas rasé le pubis. Je ne l'ai pas aidée à se shooter au gaz. Je n'ai pas la vocation d'un déménageur de cadavres. Quel jeu joue Francis ? Qu'est-ce que faisait ma photo chez Yvonne ? D'où viens-je ? Qui suis-je ? Où vais-je ?

Et pourquoi Villon ne m'a-t-il pas plus fait chier ? Ce n'étaient pas les moyens qui lui manquaient, et il me l'a bien fait comprendre.

La moutarde à hot-dog est toujours introuvable, ce qui n'a qu'une importance relative : j'ai plutôt envie de hamburger. Je m'en bricole un avec un excellent steak haché surgelé extrait d'un magnifique emballage plastique. Le ketchup rayonne à sa place de toujours. Les chats se tiennent bien. Le moral remonte d'un cran.

Si Villon me ménage, c'est sûrement qu'il a d'autres pistes et que je suis parfaitement hors circuit. Moi, je n'ai que la filière Francis. C'est lui qui est à la charnière entre ma vie tranquille et cette histoire de fous. J'ai comme une envie d'aller traîner un peu du côté de Saint-Eustache, au café-théâtre où je l'ai rencontré une fois. Les coups de fil à passer attendront un peu.

En vingt minutes à bicyclette, je suis aux Halles qui, comme chacun le sait, n'existent plus. Plus de pavillons, plus de criée, plus de forts, plus de folklore, même plus de trou. Tout change et tout le temps dans une délicate apocalypse urbaine. Vous avez vos habitudes dans un bistrot : il devient sex-shop. Vous achetiez vos fringues dans les locaux reconvertis d'une ancienne fromagerie ? Revenant la semaine d'après pour compléter vos emplettes, vous tombez sur un fast-food, pas mal d'ailleurs, néons et tout, avec murs de carreaux blancs, genre chiottes de gare ou salle de bains design. Des nostalgies s'en trouvent hérissées, dit-on. Pas la mienne. Moi j'aime bien. Je flippe même à l'idée qu'un jour, tout ça finira par se stabiliser. C'est pas ma faute si j'ai pas connu la grande époque, tout au plus ai-je dû signer une ou deux pétitions pour la sauvegarde des pavillons, comme tout le monde, ce qui ne rajeunit personne. Ce quartier informe, son bordel permanent, le vacarme des bulls et des caterpillars, l'horreur du Forum, l'énorme blague du reliquat de trou avec son eau verdâtre qui stagne au pied de la Bourse du commerce, le toc des boutiques, la frime des plans nouveaux, le parasitage pimpant des petits commerces ultramode : tout ça est très gai. Il faut peu de chose pour me remettre de bonne humeur.

La Bourse du commerce étant toujours en place, j'y gare mon véhicule, sous les arcades.

Francis avait tenté le coup du café-théâtre. Quelques copains, quelques idées, un peu de fric, une ancienne boucherie rue du Jour, c'était parti. Il m'avait raconté l'opération avec plus de détails mais, à l'époque, j'avais écouté distraitement. La rue du Jour est une rue que je fréquente assez peu en général (malgré sa remarquable caserne de pompiers), et moins encore depuis que je sais que je peux y rencontrer Francis. Les renégats sont emmerdants. Je suis bien placé pour le savoir : j'en suis.

Aujourd'hui, il me faut Francis.

Ce n'est pas exactement une surprise : le café-théâtre n'existe plus. Il a cédé la place à une librairie, laquelle semble plus ou moins spécialisée dans le livre d'art de grande diffusion, très beau, pas cher, papier glacé et couleurs merdiques. Très pratique quand on ne sait pas quoi offrir à un plouc et qu'on est dans la dèche. La boutique a aussi un net penchant pour l'occase et les revues d'avant-garde en stocks d'invendus invendables. J'entre.

Deux personnes. La caissière, un type. Le type, vingt-cinq-trente ans. Ressemble à un clergyman coincé et fait causette avec la caissière. Ce n'est pas un client. Il y a, sinon ébat, du moins débat. Si je gêne, qu'y puis-je ? L'entrée se proclamait libre. Je dis bonjour et je fouine.

Je sais très bien fouiner dans n'importe quelle librairie, c'est une des choses au monde que je sais le mieux faire. Ici, la matière ne manque pas. Les rayons sont largement pourvus en bouquins d'intérêt très variable. Le tape-à-l'œil domine, les bouquins débiles sont à des prix sans concurrence. Mais, quelquefois aussi, je distingue des restes de fonds d'éditeurs, audacieux donc en faillite, bradés. Certains me tentent : je résiste.

— Je peux vous aider ? (Une voix curieuse, presque une voix d'homme, traînante, modulant chaque son, comme pour leur donner de l'importance.) Vous cherchez un titre en particulier ?

Cette caissière est gentille de prendre son métier au sérieux. Ou alors je l'emmerde. Je remercie d'un geste sa longue silhouette, tignasse ébouriffée mais curieusement surmontée d'un large feutre. Ça ira, merci.

Le mec, assis sur le comptoir, se lève et dit qu'il va faire comme moi, jeter un coup d'œil sur les bouquins. La fille se rabat sur son transistor. Autre voix inimitable, Mme Fip annonce qu'il y a un nouvel embouteillage sur l'autoroute de l'Ouest.

Ne cherchant rien de précis, je ne trouve pas grand-chose. Comme il me faut un alibi, je jette mon dévolu sur une revue piochée au fond d'un bac d'occasions. Les articles ont l'air ésotériques, certaines photos ne sont pas mal. Le titre c'est *Pire que tout*, et c'est sans doute vrai.

Avant d'arriver à la caisse, regard distrait sur les rayons et, miracle, joie et incrédulité, *Marchand de sel*, éditions du Terrain vague, 1959, épuisé, introuvable, est là. Coincé entre un très bon Péret et un médiocre Dalí. J'embarque, leur prix sera le mien. Les écrits complets de Marcel Duchamp, ça ne se discute pas. Pas depuis vingt-quatre heures.

Caisse, caissière : je tends mon fric. La fille me regarde, amusée. Du doigt elle me montre *Pire que tout*.

— Vous cherchiez vraiment ça ?

— Je collectionne les numéros de revues disparues.

— Nous avons ici de quoi satisfaire les clients les plus exigeants.

C'est acquis, nous sommes très drôles. *Marchand de sel* (ce bouquin coûte la peau des fesses) n'a pas l'air de l'intéresser outre mesure. Je passe à la seconde phase, tandis qu'elle me rend ma monnaie. Il y avait un café-théâtre, ici, avant, non ?

— Oui.

— J'avais un ami qui y travaillait. Un nommé Francis. J'avais idée de lui dire bonjour.

Elle paraît follement convaincue.

— La boîte a fait faillite. Le local a été transformé il y a quelques semaines.

Elle précise que ça s'est passé d'une manière merdeuse.

— Là-haut, à l'étage, il reste encore des trucs, des fringues de scène, des choses comme ça. Mais l'équipe ne met plus jamais les pieds ici. On nettoie petit à petit.

— Et Francis ?

— Ah ça… !

Elle m'observe, mi-compatissante, mi-moqueuse. Je réalise que je pédale un peu, qu'elle est très grande et, je crois : belle. Une impression d'ensemble. Des yeux gris très clairs, une chevelure bouclée qui dégringole en cascade, des seins évidemment libres sous une chemise d'homme vaguement transparente dans le contre-jour. Belle, oui.

— Nos prédécesseurs ont des dettes un peu partout, j'ai l'impression. Vous n'êtes pas le seul à courir après.

Elle ajoute, pratiquement hilare, qu'elle ne sait pas du tout comment les joindre. Qui en douterait ? Je me renfrogne. On ne m'a encore jamais pris pour un créancier teigneux.

— Vous vexez pas…

Aucune importance.

Je dis, écoutez, si vous voyez Francis, dites-lui que, etc. Nom, prénom : j'aimerais bien avoir de ses nouvelles. La fille est d'accord, elle note tout ça sur un petit bout de papier, glisse revue et bouquin dans un sac. Elle s'apprête à me le tendre, se ravise, reprend le tout, griffonne quelque chose en dessous son comptoir, glisse une carte de visite dans le bouquin et me rend enfin mes précieux achats.

— J'ai mis le numéro de téléphone du magasin…

En ce qui me concerne, la discussion est close. J'en suis assez d'accord (même si… ce contre-jour…).

Si cette boutique a toujours autant de clients, elle ne tardera pas à connaître le sort du café-théâtre, ce dont je me fous éperdument. La vérité, c'est que je suis un peu, juste un peu furieux. Cette nana barre ma seule porte. Je suis maintenant tributaire d'un éventuel passage de Francis, ou d'un message chez moi. Je me sens légèrement réduit à la passivité.

Avant de récupérer mon vélo, je décide de prendre un verre. Le premier bistrot venu fait l'affaire. En attendant mon demi au zinc, rien de mieux à faire que de feuilleter *Pire que tout*.

A la deuxième page, un bristol tombe à mes pieds. Je le ramasse. C'est la carte de visite de la librairie. Piètre enquêteur, je n'avais pas remarqué qu'elle s'appelait *La Broyeuse de chocolat* (il y a même un petit dessin, afin que nul ne s'y trompe), ce qui commence à faire gros. Le verso n'est pas mal non plus. Pas de numéro de téléphone, mais une note manuscrite. "Galerie Vivienne, 18 heures." Pas d'indication de jour. Donc aujourd'hui.

Encore une maniaque des passages couverts. Y donner des rencards devient du dernier commun. Mais y trouver des cadavres demeure du dernier chic. J'irai donc.

J'y vais. A pied, sans me presser, en feuilletant *Marchand de sel*, histoire de retrouver un petit texte qui, cité dans je ne sais plus quel bouquin compulsé cette nuit, m'a bien amusé :

"Etant donnés : 1° la chute d'eau, 2° le gaz d'éclairage, nous déterminerons les conditions du Repos instantané (ou apparence allégorique) d'une succession (d'un ensemble) de faits divers semblant se déterminer l'un l'autre par des lois, pour isoler le signe de la concordance entre, d'une part, ce Repos (capable de toutes les excentricités innombrables) et, d'autre part, un choix de Possibilités légitimées par des lois et aussi les occasionnant", etc.

Peut-on être plus clair ?

Aucun cadavre en vérité, du moins en vitrine, galerie Vivienne. J'échapperai aujourd'hui à cette excentricité-là.

Tout fait divers mis à part, et sans préjuger de leur inévitable succession dans un proche avenir : je suis content d'être sous cette verrière. Longtemps en ruine ou presque, la galerie Vivienne se refait une nouvelle jeunesse, comme une vieille belle experte en artifices : magasins chichiteux, salon de thé coquet, ce n'est plus l'âge d'or, mais on est loin de la débâcle comme, je dis ça au hasard, au passage des Princes. Sans parler du passage du Prado.

Je musarde au milieu de quelques promeneurs pour aboutir, inévitablement, devant l'étalage de la librairie *Petit Siroux*. Je farfouille distraitement dans les bouquins d'occasion, dix fois plus intéressants qu'à *La Broyeuse*.

— C'est gentil d'être venu, dit derrière moi une voix inoubliable, mais vous êtes fliqué. (Petit rire discret. Puis :) Dans une heure, passage Véro-Dodat. Venez proprement.

Elle s'éloigne, haute silhouette, long imper vert battant les jambes. Et ce feutre ! D'un pas tranquille, elle gagne la sortie de la rue Vivienne.

Déconcerté mais digne, je continue mon inventaire des bouquins. Je me dis aussi que ça commence à bien faire, ces rendez-vous tordus. Le fanatique des passages, c'est moi. Pas eux, pas elle. Eux, c'est Duchamp, Marcel (1887-1968). Chacun son domaine. Je me dirige vers la sortie de la rue des Petits-Champs. Fliqué ? Manquait plus que ça.

C'est vrai : je n'ai pris aucune précaution. Le Villon de service n'a aucune raison de ne pas me mettre un petit fil à la patte. Qu'est-ce que ça lui coûte à cet homme ? La routine, comme il dirait. Je commence à en avoir un peu marre de me faire manipuler. Un peu.

Je marche en révisant mes leçons d'autrefois. Pas question de mater dans tous les sens pour repérer le suiveur. Ils sont peut-être plusieurs (mais non : je suis un petit gibier). Pas question de m'exciter comme un fou en cherchant immédiatement à casser la filature. Il doit se douter que la fille m'a averti (cette fille !...) – ou du moins se poser la question.

Je traverse la rue des Petits-Champs et prends le passage des Deux-Pavillons. Là, je me donne la possibilité d'un très naturel coup d'œil panoramique et j'entre chez le marchand de journaux, à l'entrée sur la gauche.

Pas probant. N'importe qui peut être mon ombre. J'achète *Le Monde*. C'est vrai : demain, il y a les élections. J'ai du mal à suivre tous les programmes en même temps.

Direction : Palais-Royal. J'ai le choix : mener mon affaire à pied, ou faire un épisode vélo. Va pour le vélo ! Sans souci d'être suivi ou pas, je m'engage dans la galerie de Beaujolais et sors vers la place de Valois. La Bourse du commerce est à deux pas. Véro-Dodat aussi. Véro-Dodat, c'est pour plus tard. Je récupère ma bécane.

J'imagine un instant qu'on a pu la doter d'un mouchard permettant de me suivre à distance. Quelle promotion ce serait ! Fin de l'épisode parano.

Je vais vers Saint-Eustache en zigzaguant sans ostentation, entre les bagnoles roulant au pas pour éviter les piétons qui envahissent la chaussée. Très bon, ça. Derrière, à vue de rétroviseur, ni mobylette ni moto ayant l'air de s'affoler (sauf peut-être là-bas, près du *Pied de cochon* ?).

Que tout cela est excitant ! Je prends franchement les voies piétonnes tracées au milieu du chantier, entre trou et Forum. Mis à part les patineurs à roulettes, les skaters, les clodos, les t'as-pas-cent-balles (ceux-là, je les hais) : personne ne me regarde de travers.

Fontaine des Innocents, rue Saint-Denis, le Sébasto. Je brave vaillamment le sens interdit en roulant sur les trottoirs, vers le Châtelet. N'ai-je pas un peu passé l'âge de ces mômeries ? Je m'arrête. Un monde fou, mais aucun mouvement suspect dans mon sillage. J'accroche en vitesse mon engin à une grille d'arbre et je plonge dans le métro. Franche cavalcade dans les couloirs et direction Neuilly.

Je laisse tomber "Palais-Royal" et, à "Louvre", je gicle du wagon une fraction de seconde avant la fermeture des portes. Croyant pouvoir affirmer que je suis le dernier à avoir quitté la rame, je sors d'un pas tranquille.

Passages et filatures : on fait décidément tout ce qu'il faut.

Autrefois, c'était comme ça, ce genre de folklore : trois rendez-vous sur cinq. En plus long, en plus sophistiqué, en plus méthodique. Ça compliquait l'agenda et ça chargeait le planning. Au début, je trouvais ça marrant. J'ai vite compris que c'était routinier et crevant, qu'il fallait plein d'imagination.

J'ai appris des tas de bêtises. Les filatures, les planques, les appartements de sécurité (les copains prêts à s'écharper, après plusieurs jours de promiscuité, coupés de tout, dans l'attente du contact qui ordonnera le déclenchement de l'opération – et redevenant comme les doigts d'une main dès que commence vraiment le rodéo), les boîtes aux lettres, actives, mortes (en trouver toujours de nouvelles), les messages codés, les rendez-vous secondaires, la protection sous ses diverses formes, les pièges, l'intox, les leurres. Je ne sais pas si ça servait à quelque chose, toutes ces précautions, ces conneries. Je ne sais pas s'il y avait tant de gens qui s'intéressaient à nos faits et gestes conspiratifs. Il y avait, simplement, des "mesures élémentaires de sécurité". Point c'est tout, et personne ne discutait. Elles fonctionnaient à fond pour certaines activités, et j'étais jusqu'au cou dans ces activités-là. Ce jeu, ce grand jeu, cette bonne blague.

On se bourrait le mou : ce serait bien que j'arrive à me convaincre de ça. Je me sentirais plus à l'aise dans ma peau maintenant, dans ma vie, en général.

Je ne sais pas si ça servait à quelque chose. Ce que je sais, c'est que quelques-uns des copains qui participaient au grand jeu ont un beau jour disparu de la circulation (on sait rarement le jour exact de ces choses-là). Pas en France, évidemment. En Argentine, au Brésil, en Uruguay, dans des pays comme ça. Que d'autres sont devenus bureaucrates dans des organisations d'exilés. Ou journalistes dans des journaux libéraux. Ou universitaires. Ou conseillers du nouveau président. Ou photographes. Pourquoi est-ce que je m'énerve comme ça ?

Il n'y a pas grand-monde rue du Bouloi. Les immeubles, pour la plupart, sont occupés par des bureaux. Le samedi après-midi, c'est le désert. Je prends mon temps pour regarder les quelques passants, les gens dans les bagnoles qui roulent, ceux qui pourraient être dans celles en stationnement. Rien de suspect, à mon avis. Que vaut mon avis ? Je m'engage dans le passage Véro-Dodat.

Carrelage à damier et pénombre entrecoupée de loin en loin par une verrière en plus trop bon état. La fille est là. En marchant vers elle, je me souviens, il y a des associations d'idées qui ne pardonnent pas, que c'est dans ce passage-là que furent faits certains des premiers essais d'éclairage au gaz dans les lieux publics.

Je m'approche d'elle et de la boutique de jouets anciens de Capia devant laquelle elle est plantée. Captivée par les poupées.

— Regardez comme elle est belle, dit la voix grave.

La poupée a un corps de porcelaine plus blanc que rose. Les membres sont à la fois dodus et d'une extrême finesse. Superbe robe de velours bleu, bordée de dentelle.

Je lui montre une autre poupée, exposée un peu à l'écart dans un coin de vitrine. Celle-là est nue, sans vêtements ni cheveux, un peu abîmée par trop de câlins et de colères d'enfant. Sa pose pourrait rappeler une autre poupée, dans un autre passage couvert. La fille me tire par la manche.

— Allons.

Elle nous dirige vers le *Café de l'Epoque*. Elle, très près, elle sent bon (quel parfum ?). Nous entrons. Deux ou trois clients au bar, deux joueurs d'échecs dans un coin de la salle. Elle enlève son imper et se vautre sur la moleskine, près du flipper.

— J'aime bien ce bistrot.

— Je sais, dit-elle.

Elle se lève, va programmer un disque. A quoi bon poser des questions ? Elle revient. Une éventuelle filature ne semble plus la tracasser. Nous attendons en silence qu'on vienne prendre notre commande. Le garçon arrive en même temps qu'un antique Rolling Stones tombe sur le plateau.

Nous piquons dans mon paquet de gauloises. Je la regarde. Il n'y a rien qui presse. Je suis très bien ici. Elle sirote sa bière.

— Pourquoi voulez-vous voir Francis ? finit-elle par lâcher.

— C'est lui qui voulait me voir. Il m'a posé un lapin. Maintenant, c'est moi qui veux lui parler.

— Je sais que Francis voulait vous voir. Il voulait votre avis.

— Sur quoi ?

— Une histoire… un truc en cours. Qui a été abandonné, d'ailleurs.

Elle lève le nez de son verre. Je comprends mieux. C'est cette tension entre ses yeux gris glacés et le reste de son visage (je suppose que sensuel est le mot qui convient), cette chevelure presque fauve, aussi. C'est ça qui la rend si belle.

Elle s'ébroue.

— De quelle histoire s'agit-il ?

— Je ne vous le dirai pas. C'était l'idée de Francis. Je ne crois pas qu'elle était bonne.

Elle liquide sa bière d'un trait, allume une nouvelle cigarette.

— Francis voulait avoir votre avis. Votre avis politique. C'est sa propre expression. En souvenir du bon vieux temps, je suppose.

— Ça a l'air de vous surprendre.

Gentil sourire.

— Ça ne me surprend pas. Je trouve ça idiot. (Plus vive :) N'en parlons pas. Je ne comprends rien à la politique (véhémente). Je constate que c'est une activité stupide qui ne mène à rien. D'ailleurs vous n'en faites plus.

Inutile de commenter, je suppose.

— Je n'ai pas vu Francis depuis trois jours. Dans la situation actuelle, c'est long. Il se cache, ou bien il est mort. Il était en danger.

— Qu'est-ce qui le menaçait ?

— Des tas de choses. C'est à lui de vous expliquer.

Elle s'accoude maintenant. Il est difficile de ne pas lorgner vers l'entrebâillement de son chemisier largement ouvert. Je lui dis qu'elle est très belle et que je ne sais pas ce que Francis me voulait, qu'il n'est pas venu au rencard prévu mais qu'au même endroit il y avait un cadavre, que les flics ont interrogé des témoins et que j'en fais partie, que j'en ai dit le moins possible, que je n'ai pas parlé de Francis, que je me fous un peu de cette histoire, tout compte fait, mais que s'il y a des gaffes à éviter, j'aimerais autant savoir lesquelles. Me fais-je bien comprendre ?

Elle se marre.

— Tout comme Francis disait : le dilettante le plus rigoureux, c'est Blainville. Il se demandait si vous étiez resté comme avant. Du temps où vous militiez.

Et puis, comme une grosse confidence :

— Il a fait une enquête sur vous, savez-vous ? (Mutine :) Et je l'ai un peu aidé.

— Une enquête ?

— Oui… (quelle bonne farce !). Pour savoir un peu ce que vous étiez devenu. Si vous étiez toujours fiable.

— Avec des photos ?

C'est parti, malgré moi.
— Oui, oui ! Bien sûr ! Ça, c'était mon idée.
— La photo, passage Jouffroy, c'est vous ?
Elle sautille comme un cabri sur sa banquette.
— Oui. Comment la connaissez-vous ?
Elle est aux anges et tout cela est tellement con que je ne vois pas pourquoi je lui cacherais le numéro de Villon avec ses petites images. A tout hasard, je n'évoque pas les pornos.
— Vous connaissez Yvonne ? demande-t-elle. Son nom, au fait ?
— Non. Mais elle devait me connaître. Au moins en photo. Par vos photos. Ce qui me fait croire que vous, vous la connaissiez bien.
Elle ne cille pas, elle laisse venir les choses.
— Je la connaissais. Elle aussi était en danger. Comme Francis.
— Quel danger ? Yvonne est morte.
Elle hausse les épaules.
— C'est banal d'être en danger. Quant à la mort (sourire en coin), quelqu'un a dit : "Il n'y aura aucune différence entre le moment où je serai mort et maintenant, parce que je ne le saurai pas."
— Qui ?
— Devinez.
Je crois savoir.
— La mort, c'est facile. Vous savez bien.
Elle insiste, comme si c'était le fond de l'affaire :
— Vous savez bien, *vous*.
Les yeux, le visage, la chevelure, les seins, cette manière qu'elle a de rentrer la tête dans les épaules, j'observe tout cela et c'est bien. Mais c'est la voix.

C'est la voix qui me subjugue. Je lui dis qu'elle est très belle, encore, mais comme en passant, parce que depuis quelques secondes je suis occupé à la photographier. Tout en actionnant régulièrement le déclencheur, je remarque qu'elle ne bronche pas, qu'elle bouge sans apparemment prendre de pose. Aucun étonnement, aucune émotion. Plus rare : aucune protestation. Rarement vu ça.

— Si vous voulez une attitude particulière, dites-le.

— Je crois que ce sera parfait.

— Vous allez être déçu.

C'est assez vraisemblable. Il y a des visages, comme ça, qui savent très bien se dérober. Le sien.

— Vous aussi vous me plaisez, monsieur Blainville. Ça ne date pas d'aujourd'hui et ça ne simplifie pas les choses.

L'enquête, évidemment. J'arrête mon mitraillage.

— On verra bien. Pourquoi ne m'avez-vous pas parlé à la librairie ?

— Pas seuls.

— J'étais vraiment suivi ?

— Je crois.

Admettons.

— Francis est votre amant ?

Rire.

— C'est un des aspects du problème. Francis n'a aucun goût pour les femmes. Sauf une.

— Vous ?

— Moi. Mais nous ne sommes pas amants, comme vous le dites.

— Autre chose. Pourquoi toutes ces salades avec Marcel Duchamp ?…

Rire encore, incroyablement joyeux et sonore.

Les joueurs d'échecs s'offusquent. Elle s'excuse auprès d'eux.

— Il était temps. Je vous trouvais un peu lent.

— Alors ?

— *No comment !* Cherchez ! Vous avez acheté un bon livre. Lisez-le. Ou pas. Aucune importance. Ça marche tout seul.

Elle dispose quelques pièces sur la table, se lève. Je l'imite. Elle salue le patron derrière le bar. Moi aussi.

Elle me fait face dans la galerie, les mains enfouies dans les poches de son imper, chapeau rabattu sur l'œil.

— On se revoit ? (Ce n'était peut-être pas à dire, tant pis.)

— Naturellement, puisque vous me plaisez. Je ne peux plus vivre sans vous.

— Où ? Quand ?

— On se cherche. On se trouve.

— Un indice ?

— D'accord. Ici, cette galerie, c'est le gaz d'éclairage. Cherchez la chute d'eau.

Naturellement. Il commence à faire sombre dans le passage. L'un en face de l'autre, elle et moi, tout va de mieux en mieux. Elle dit :

— Je m'appelle Rose.

— Je m'en doutais un peu. Vous l'écrivez comment ?

— Comme vous voudrez.

Elle se met sur la pointe des pieds. Court baiser sur les lèvres, tourne les talons, s'en va vers la rue du Bouloi, s'arrête.

— C'est un jeu. Mais faites quand même attention.

Avant qu'elle disparaisse, j'ai le temps de prendre deux photos d'elle, marchant de dos.

Je n'ai aucune envie de la suivre. Je replonge dans le passage, vers la rue Jean-Jacques-Rousseau, en tripotant les réglages de mon appareil. Passant devant la boutique de Capia, je fais un cliché furtif des poupées. Je ne m'attarde pas. Les mannequins, les poupées, les postures bizarres : il faut savoir s'arrêter, parfois.

III

Aussi choquant que cela puisse être pour ma parano : je rentre chez moi sans encombre. Personne ne me prend au col pour m'inviter à m'occuper de mes affaires, à laisser tomber. Pas d'embuscade policière.

Normal, au fond. D'un côté, ma curiosité est bien molle. De l'autre, je suis (c'est quand même un peu difficile à dire…) innocent.

J'aurais plutôt le sentiment qu'on est en train de chercher par tous les moyens à m'accrocher à une histoire qui m'est parfaitement étrangère. Les passages (mon truc), Duchamp (je ne connaissais pas trop, mais ça commence à me plaire), une enquête policière et… Rose. Je ne sais pas ce qu'il y a au bout de la ligne. La qualité des appâts est indiscutable.

Mon seul ennui véritable, c'est cette crevaison, place de la République. Le pneu avant, et à trois cents mètres de chez moi, faut pas trop se plaindre. Je pousse ma bicyclette jusqu'au quai de Jemmapes.

Tout est en ordre dans mon quatrième étage. Y compris les bestioles qui m'attendent dans l'entrée en se filant divers coups de patte sur le nez. La paix revenue, Kamenev, Zinoviev et Radek crient famine pour la forme. De grandes gueules, mais toujours prêtes à aller à la soupe.

Nourrir le comité central restreint, mettre le labo en route, tout ça se fait machinalement. Pour la réparation de la bécane, c'est une autre histoire. Après mûre réflexion, je pense que je ferai très bien le mécano en écoutant l'acte I de *Don Giovanni*.

Il ne faut jamais se sous-estimer. Démontage, rustines et remontage : j'en ai fini au moment où Elvire entame *"Ah chi mi dice mai"*. Content comme un vrai prolo fier de l'ouvrage, je laisse le vélo trôner, fourche en l'air, au milieu du séjour.

Passage du Caire, rue Saint-Denis, le rouge est mis et sous le projecteur les images apparaissent les unes après les autres. Par acquit de conscience, je tire les photos prises au travers de la vitrine. Je sais qu'il n'y a rien à en attendre. Il serait idiot de ne pas au moins essayer. Agrandisseur au maximum, j'obtiens péniblement quelques taches indistinctes. Le bec Auer peut-être. Mais pour *Blow up*, il faudra repasser.

Excellents sont en revanche les clichés de la rue. Fixité des poses provocantes, ennui des filles, regards des michés, lourde indifférence des messieurs en compagnie de leur dame. J'en oublie presque le cadavre d'Yvonne Brogna. Et Rose, dont le portrait au *Café de l'Epoque* est en train de sécher sur sa pellicule.

Je prends mon temps pour faire quelques bons tirages soignés : mecs qui matent, macs qui lorgnent, filles dans les longs couloirs d'hôtels…

D'autres clichés, après : quand je suis revenu au passage, le petit attroupement rôdant autour du désordre et de la mort. Rien de très intéressant. Je tire l'ensemble. Une fois que tout est sur le papier, je laisse faire le bain de fixage et je quitte le labo. Les photos de Rose seront pour tout à l'heure (j'ai vu sur le négatif qu'elles étaient médiocres).

"Batti, batti, o bel Mazetto", chante Zerlina. Je m'offre un verre.

Et j'appuie sur le répondeur téléphonique. Depuis que je suis rentré, je repousse ce moment-là.

D'abord, c'est cette comédienne, Reynolds-quelque-chose (je ne sais plus), qui me confirme la séance de photos pour son press-book, lundi. Je n'avais pas oublié. Ensuite, c'est Marc, au journal. Il me rappelle que c'est demain une journée électorale et qu'il serait bien, vraiment bien, que je ne perde pas trop ça de vue, pas vrai, parce qu'il y aura sûrement des choses dans la rue, le soir et que (je coupe au moment où il évoque, comme d'habitude, la possibilité d'une photo en première page, vieux démago). La bande défile. Villon.

Je n'ai jamais entendu sa voix au téléphone, mais c'est le même rythme posé, un peu lent, insistant, le genre à qui on ne coupe pas la parole quand il cherche ses mots.

Bon, d'accord, il a compris, je mène mon jeu tout seul, chacun sa manière, il n'est pas contre (la voix fatiguée, lasse), mais faudrait quand même qu'on se rencontre, qu'on discute un peu, hein ? (Une pause.) "*Dans votre intérêt*, si vous voyez ce que je veux dire." Bref, il veut que je le rappelle.

Je retourne au labo. Et puis je reviens vers le répondeur. Je suppose qu'il faut entendre les messages jusqu'au bout.

Voix de Marie : "Tu n'es jamais chez toi, ou bien tu ne réponds pas… le répondeur est assez bon pour moi, hein ?" Je crois la voir en train de dire ça.

Elle sait, elle sait tout. Elle a compris. Non, elle ne comprend pas. Qu'est-ce qui s'est passé ? Est-ce qu'on n'aurait pas pu…

"Non, évidemment. Ecoute, écoute bien, je voulais juste te dire… je sais que c'est fini, mais…"

Cut. Plus rien. Comme toujours. Moi aussi, je sais comment elle fait. On aurait tort de s'en priver l'un et l'autre : nos pires trucs marchent toujours. C'est le meilleur qui ne fonctionne plus.

Aucun appel de Francis.

Je m'installe au labo avec la pellicule de Rose.

Ce n'est pas qu'elles soient mauvaises, ces photos. Ni sans intérêt. Les images sont belles (toutes les photos sont belles). Rose y est, telle que je l'ai vue. Mais pas telle que je voulais la voir sur une photographie. Décalée de la vie, décollée de ses numéros bien rodés ("Si vous voulez une attitude particulière"… ! Et dire que je me suis laissé prendre à ça !).

J'ai fait de bons portraits, voilà tout. De la représentation. Parce que moi aussi, je connais toutes les ficelles de mon numéro de photographe, je me suis bêtement enlisé dans la routine du savoir-faire.

"Viva la libertà !" clame Don Giovanni. A juste titre et il va le payer très cher. Il faudrait que j'écrive à Marie. Une belle lettre qui balancerait

entre le définitif et le tout est possible. Une petite machine bien perfide qui la ferait douter et me permettrait d'avoir un peu la paix. Puisque ma seule issue est de penser à autre chose.

Ecrire une lettre comme ça. Mais je n'ai rien à dire. Sinon qu'on s'est loupés, que c'est ma faute et un peu la sienne aussi, qu'il n'y a pas de coupable, jamais, que la vie continue parce que c'est enclenché comme ça, c'est fait. J'aurais tout aussi bien pu me flinguer. Question d'opportunité. Sans gravité particulière. "Vous savez bien", comme dit Rose.

Je regarde les autres clichés, ceux du passage.

Ce n'est pas exactement une surprise : Rose était dans la galerie, lors de la découverte du cadavre. On la voit distinctement sur au moins deux images, au milieu des badauds.

Comme il se doit, ces photos-là de Rose sont parfaites. Je m'en convaincs facilement au premier agrandissement, c'était acquis dès le tout premier coup d'œil. Cette curieuse fébrilité bien connue qui saisit quand on sait, quand on sait absolument que le cliché est bon, qu'il touche juste, qu'il vous échappe complètement.

La vérité se truque. Il y a l'agrandissement, démesuré, le tripotage des zones d'ombre et de lumière, le choix du support (papier plus ou moins dur, plus ou moins brillant). Toute une cuisine de reconstitution, de pure fiction. Et, à la fin, cela : la coiffure un peu folle, auréolée d'un halo de lumière venu on ne sait d'où, corrigé par le large chapeau (sévérité et insolence) dont l'ombre portée atténue l'inquiétant gris des yeux. Rose est solidement plantée dans la petite foule. Pourtant elle reste étrangère à l'agitation, traverse l'anecdote. En aucun cas les clichés ne la trahissent, prise sur le fait, prise dans la masse. Elle passe. Je ne le jurerais pas, mais on dirait bien qu'elle sourit.

Ces photos modifient un peu la situation.

Je sors du labo. Il est temps de se comporter intelligemment.

Je trouve assez facilement le renseignement dont j'ai besoin. Mes achats d'hier ont été judicieux. Reste à négocier avec Marc. Que j'appelle dans l'instant, et qui est chez lui.

Marc est le journaliste le plus casanier de Paris. J'étais sûr de mon coup puisqu'on est samedi et qu'il n'y a pas bouclage. Je l'imagine, pestant contre son téléphone – il hait ce machin autant que moi – et quittant avec regret ses chers dossiers.

Marc est ce genre de type qui classe *toujours* quelque chose. Un archiviste-né, un collectionneur obsédé.

J'ai un alibi pour le déranger. C'est lui qui m'a appelé.

— Tu as reçu mon message ?

— Pas de problème. Quelle est la commande exacte ?

— Ce que tu veux. De la vie. De l'ambiance. De la rue.

— C'est quoi, les derniers sondages ?

— Ceux qu'on n'a pas le droit de publier ? (Il se racle la gorge, c'est plus fort que lui, et ça veut dire : "Je te dis ça à toi, mon vieux, parce que tu es un copain, mais attention, top secret, n'en parle à personne, etc." Va-t-il me demander de jurer que je garderai la bouche close ?) Un raz de marée, mon bon.

Un mec qui sait, qui est dans le secret des dieux, qui a six heures d'avance sur l'information commune au vain peuple. Un brave type.

— Les socialos vont faire un malheur. Les stals vont se faire enfoncer. Ce qui leur permettra sans doute d'avoir des ministres.

— La droite ?

— Laminée. Pas l'ombre d'un doute, tout concorde : demain sera un jour historique.

Quand les réformards prennent le pouvoir : à partir de quand dit-on que le compte à rebours a commencé ? *"Chile, chile, chile !"*

— Je photographie donc la liesse populaire, les prolétaires heureux qui portent des enfants sur leurs larges épaules ? Les enfants sont, je suppose, censés lever leur vaillant petit poing ?

— Exactement. Si tu peux également me dégoter quelques amoureux enlacés. Avec des roses dans les mains.

— Sous l'œil bienveillant des CRS socialistes depuis Jules Moch ? Ça devrait être possible. Remise des clichés vers 22 heures, ça va ?

— C'est le dernier délai. Mais attention, hein ! Je ne te promets pas de les prendre.

Marc ne promet jamais rien. Il utilise mon petit travail quatre fois sur cinq, en réalité. C'est gratifiant, mais j'y perds : il me paye au forfait. Outre le plaisir de bosser avec lui, le moment est venu, après toutes ces précautions, de parler de ce qui m'intéresse vraiment.

— (Ton badin.)... Dis-moi. Tu es toujours branché sur les faits divers bizarres ?

Roucoulement à l'autre bout du fil. Quand il ne fait pas dans la haute politique désabusée, Marc est un fouille-merde de première, un maniaque du crapuleux délirant. Son rêve le plus barge serait de travailler dans un *France-Dimanche* dirigé par Karl Marx. Je suis convaincu qu'il a déjà ouvert un dossier sur l'affaire du passage du Caire. Je fonce bille en tête.

— Voilà... je voudrais que tu me cherches dans les affaires de... disons les six derniers mois. Et que tu me dises si des gens dont je vais te donner la profession y étaient impliqués.

Murmure intéressé, là-bas, du type qui sent venir le coup fumant mais entend rester prudent :

— Ça peut se faire. Quelles professions ?

Comme on se jette à l'eau :

— La liste est la suivante – tu notes ? (Il va me rire au nez, c'est certain.) Prêtre, livreur de grand magasin, gendarme, soldat, cuirassier, agent de la paix, croque-mort, larbin (en tenue), chasseur de café, chef de gare (ouf !). Voilà. Tu veux que je répète ?

Au loin, un souffle. Puis :

— Tu te fous de moi ?

Au ton, je sais qu'il a déjà admis que j'étais sérieux.

— Ça peut concerner des histoires de mœurs, des casses, des chantages, des assassinats aussi.

Pour les assassinats, ça m'étonnerait...

— (Détaché.) Tu es sur un coup ?

— Peut-être (un brin de démagogie) : tu sais ce que c'est. Au début, on n'est jamais sûr de rien.

— Bien sûr, bien sûr. Admettons... laisse-moi réfléchir.

— Rien ne presse, mec. Prends ton temps. Je n'ai pas le choix. Ou bien je me tape les archives du *Monde* et de *France-Soir* pendant quinze jours, ou bien je compte sur toi.

Je peux compter sur lui.

— J'ai pas mes fiches sous les yeux, tu t'en doutes (je m'en doute), mais je peux te dire qu'il y a eu, il y a trois mois environ – c'est approximatif –, un vol gratiné au *Grand Hôtel*, près de l'Opéra. Je crois qu'un larbin et un chasseur étaient dans le coup. À ma connaissance, ils ne se sont pas fait pincer.

— Ensuite ?

— L'appartement de je ne sais quel ponte du CNPF a été cambriolé par un livreur de grand magasin. Il faudrait vérifier la date et les circonstances exactes.

— J'écoute.

— Il y a eu aussi l'enlèvement d'une personnalité importante à la gare d'Austerlitz, et puis la demande d'une rançon. Un pseudo-chef de gare a été évoqué.

Ce type est une mine.

— J'ai aussi sur le bout de la langue une histoire avec un faux cul de curé, faudrait voir. (Il se reprend, conscient qu'il est de s'être laissé emporter par la passion.) Pour retrouver des renseignements précis sur tes ratons laveurs, il faudrait que j'aie un peu de temps. Tu peux attendre demain ?

Le cher homme !

— Tu veux dire : demain soir, quand je viendrai te donner les photos ?

— Par exemple, oui.

Donnant, donnant : normal.

On raccroche. Gauloises, bourbon. Exit *Don Giovanni*. Un peu de calme et de méthode. Les renseignements de Marc – il sera efficace, pas l'ombre d'un doute là-dessus – ne seront pas suffisants. Il faut que je contacte Daniel. Un autre morceau.

Premier coup de chance : il est chez lui, ce feu follet.

— Victor à l'appareil. Tu te souviens ?

Un, deux, trois : oui. Il se souvient. Parfaitement même. Ça alors, depuis le temps (nostalgie : après tout, nous étions assez copains autrefois ; mais ça ne dure pas longtemps, Daniel est un faux sentimental). Qu'est-ce qui… ?

Est-ce bien une bonne idée d'avoir recours à lui ?

— J'aurais besoin d'un renseignement… je n'ai pas tellement le temps.

Entre lui et moi, pas de contentieux. Seulement une désertion. Je le sens attentif. Quelle mouche peut bien me piquer ?

— Il faudrait que tu me dises ce que tu sais d'un ancien mec de l'orga. On l'appelait Walter, son prénom était Francis. Il a dû se barrer vers…

Daniel :

— (Circonspect.) Walter, oui. Il était au comité central. Il faisait aussi dans le service d'ordre.

Tout cela, c'est du domaine public.

— Tu sais quoi sur lui ?

De plus en plus circonspect, Daniel. Ce genre de question, il n'aime pas.

Même si je faisais encore partie de la bande. Même si on avait commis ensemble, hier, le dernier des coups pendables contre les fafs ou contre les flics, il froncerait le sourcil. Mais des coups pendables, Daniel et moi, il y a des années que nous n'en avons pas fait. Alors... bruit de briquet.

— C'est grave ?

— Vraisemblable. Au minimum, c'est important.

Rien d'autre ne justifie ce coup de fil. Le tout petit poil de crédit dont je dispose tient à cela : j'ai rendu mes billes, c'est un fait, mais je n'ai jamais refusé un coup de main, après, sur des affaires ponctuelles ; et pas seulement les souscriptions pour sauver le journal ou soutenir telle ou telle campagne. Ce n'était pas à charge de revanche (bien trop culpabilisé, j'étais). Mais puisque l'occasion se présente aujourd'hui.

— Demain ? Tu peux attendre jusque-là ?

Le temps de fouiller dans sa mémoire et de consulter un ou deux copains du bureau politique. ("C'est Blainville qui demande ça ! Vous savez ce qu'il est devenu, vous ?") Je vois ça d'ici.

— Demain ? Parfait. Je te rappelle ?

— C'est ça.

Longue inspiration de tabac. Ma nostalgie à moi. S'il n'était pas devenu un bureaucrate, Daniel serait un type remarquable. Ou un salaud. Il lâche (je sens que c'est difficile pour lui) :

— Et toi ? Où tu en es ?

Seule la vérité est révolutionnaire :

— Pas de salut en dehors du Parti. Nous savons tous ça.

— Je vois, dit-il, à demain !

Une nouvelle, grande et nécessaire gorgée d'alcool. Puis une autre. C'était très dur. Comprenne qui pourra. Vite, enchaîner sur autre chose.

— Allô ? Villon ?

— Blainville ?

— J'ai reçu votre message.

— J'y comptais bien.

Disert, mondain, connard.

— Quand pouvons-nous nous voir ? Nous avons des choses à nous dire.

— Pas sûr. On verra demain ?

— Pourquoi pas ce soir ? J'habite à deux pas de chez vous.

Ce soir ? C'est imprévu. Pas impossible. D'accord !

— D'accord. J'arrive !

Clac. C'est pas plus bête. Ça implique seulement de faire un peu de ménage, rapido : évacuer les photos, remettre de l'ordre dans le labo, ranger quelques bouquins, faire régner ici l'ambiance qui convient à un célibataire paisible. A un célibataire...

Je fais tout ça. Et ça me prend un petit quart d'heure.

Reachie Havens sur la platine. On sonne. Il n'habite vraiment pas loin. Ce qu'il me confirme en me servant, qui plus est, son sourire épuisé.

— Quand vous avez téléphoné, je revenais du cinéma. J'allais sombrer dans une méditation morose. Passionnante, mais morose.

— C'était quoi, le film ?

Lui, hautain :

— On ne discute pas cinéma avec un flic, allons !

Il se dirige vers le living et s'installe comme un grand dans le fauteuil thaïlandais (ou chinois ?). Son fauteuil, en somme. Au moment même où il me demande des nouvelles des chats, ceux-ci se barrent de la pièce en courant. Les trois. Le petit noir fait des progrès. Il a compris ce que c'était que le front unique de classe. Villon, las :

— J'aime bien la bière, vous savez. Mais si vous aviez un vieux fond de whisky. Ou de bourbon.

J'ai ça et je suis d'humeur à ça. Je vais chercher les bouteilles. Villon se verse un solide Jack Daniel's puis tombe la veste. Comme la première fois, il prend un grand temps pour regarder la pièce. A la fin, comme il est là pour ça, il cause, voix sereine :

— Le film était *Au fil du temps.* Au fond, vous me faites chier.

Je dis (manière de dire) : “Plaît-il ?”

— Je vais résumer. Arrêtez-moi si je dérape (il se concentre avant l'effort et boit un grand coup). Suivez-moi bien. Vous aimez les livres, donc vous allez dans les librairies. Vous êtes un grand promeneur et le hasard vous guide. C'est donc par hasard que vous êtes entré tout à l'heure dans une boutique de la rue du Jour, *La Broyeuse de chocolat* – drôle de nom pour une librairie (sourire candide). Vous êtes sympathique. Il est donc normal que la vendeuse vous ait donné rendez-vous ailleurs, dans un passage couvert – pour changer – tout proche.

Autre coup de bourbon.

— Et comme vous n'aimez pas les flics, vous avez pété la filature. Vous me suivez ?

— Ciel, j'étais donc filé ? dis-je en remuant mon fond de verre.

On se sourit, on se reverse du bon liquide.

— C'est le paradoxe des temps, poursuit Villon. La bande à Bonnot a mis en échec la police de l'époque parce qu'elle n'était équipée que de bicyclettes réglementaires. Aujourd'hui, les révolutionnaires confirmés savent que c'est avec un vélo qu'on déjoue le mieux la flicaille suréquipée.

J'insiste :

— J'étais filé ?

— Et pourquoi bon Dieu ne le seriez-vous pas ? (tout calme, Villon). Vous êtes mon suspect numéro un.

Son enquête va me coûter cher en alcool. Reachie Havens me rappelle un petit matin heureux *("Strawberry fields forever")*, ce qui n'engage que moi. Il fait bon. Que fait ce mec dans mon décor ?

— Moi, je vais vous dire où j'en suis. Ma petite enquête avance dans la routine.

C'est tout simple. Il a poursuivi ses visites dans les services de ses collègues. Ainsi : ceux de la

Mondaine. La môme Enamelede ? Bien sûr qu'ils l'ont connue. Une sacrée fille. Une pute ou tout comme, mais attention : pas bête. Une intellectuelle, comme qui dirait.

Elle exerçait dans une sorte de boîte. Un café-théâtre, ça s'appelle. Sis derrière Saint-Eustache, rue du Jour. Pas un bordel, ça non. Faut avoir le sens de la nuance. Un endroit accueillant, sympa. Comment disent-ils, les gosses, déjà ? "Cool". Oui, c'est ça : "Cool". Un lieu de rendez-vous, en quelque sorte, avec des tas de petits jeunes, modernes, pas fiers, liants. Sans préjugés. Les filles comme les gars.

Ben oui. Parce qu'il y avait aussi des gars, pour les gars qui aimaient ça. Cet aspect-là des rencontres, c'était un certain Francis qui s'en occupait. Un ancien gaucho. Un dirigeant même. Un type futé, avec le sens de l'organisation. Oh ! Qu'on se comprenne : faut pas faire une montagne de son petit commerce. Il mettait les gens en rapport, favorisait les contacts. Il servait d'intermédiaire pour les adresses, les appartements. Il avait toujours des numéros de téléphone avec des voix accueillantes, au bout, pour ceux que ça intéressait. J'écoute attentivement.

Un autre verre, Villon ? Il veut bien. Ça donne soif de tant parler. Et comme en plus c'est bon. Où en était-il ? Yvonne.

Yvonne, elle aimait bien discuter. Nouer des rapports humains vachement chouettes avec les gens, les hommes surtout, sans parti pris. Elle les préférait tendres, gentils, style *Libé*, et généreux.

Généreux ? Faut bien vivre. Et puis elle faisait des photos pour les copains. Des photos qui circulaient un peu.

— Bref : du soixante-huitard ranci. De la libération des mœurs avec petite enveloppe sur la commode, et au total : du cul fait par des cons. Parce qu'ils n'étaient pas à la hauteur, les jeunots. La boîte a fermé. Bien forcé. Les touche-pipi d'amateurs, ça ne pouvait durer qu'un temps. Les macs du coin n'aiment pas la concurrence sauvage. Quant aux collègues des "Mœurs", ils ne sont pas complètement veaux. Surtout quand ça ne leur rapporte rien. Francis et Yvonne n'aimaient pas les flics. Ça restait dans leurs principes.

Ça peut paraître sot : je n'ai pas l'impression d'apprendre quelque chose. Des détails sur une toile de fond déjà entrevue. Je m'attendais à un truc de ce genre. Peut-être parce que je ne me suis jamais imaginé Francis en artiste.

— Je vois.

— Je suis sûr que vous voyez.

Fond de verre. Je dis :

— Je connaissais Francis.

— A l'époque du bolchevisme débridé ? Je m'en doutais un peu. (Il bâille, malgré tout.) C'était un mec bien ?

— Je ne crois pas (et c'est moi qui dis des choses pareilles à un flic !).

— Moi non plus. Mais faut vérifier, évidemment. La fille de cet après-midi ?

— Une vendeuse.

— Jamais vue avant ? Le charme naturel et c'est tout ?

— Vous en doutez ?

— Oui. Ça n'a pas d'importance.

C'est bon, le Jack Daniel's. Villon me confie qu'il s'est mis à boire ce truc après avoir vu Lou Reed sur scène. Lou Reed vers la fin. Je suis tombé sur le poulet le plus branché de toute la grande maison.

Sa voix est devenue un peu pâteuse. La mienne ne vaut sans doute guère mieux. Il y a entre nous de grands temps de silence. On est plutôt bien. (Eh ! comme diraient les vieux camarades, qu'est-ce que tu deviens, camarade Victor ?)

Je remplace Havens par une gentille petite musique de Satie. Villon approuve.

— Reste le problème Marcel Duchamp.

Que j'avais presque oublié.

— Vous avez une idée là-dessus ?

— Pas encore, dis-je, présomptueux.

— Des maniaques ?

Il fonctionne moins vivement. Enfoncé dans son fauteuil, l'œil perdu.

— Ou alors des spécialistes… à leur manière… Ces photos, là, elles sont de vous ?

Il me désigne les images sur le mur. Je fais signe que oui. Il se lève, un peu lourd, et va les voir de plus près. Il se dandine d'un pied sur l'autre. Qu'est-ce qui distingue un flic dans le vent d'un ivrogne lamentable ? Je m'offre un verre pour méditer plus à l'aise sur cette étrange question.

— … très belles. Vraiment. Comme je le pense, je vous assure.

Qui oserait mettre sa parole d'assermenté en doute ? Il se rassoit, ingurgite et parle :

— Qui c'est, cette femme ? Un modèle ?

D'un doigt incertain, il montre les quelques photos qui restent épinglées au mur. Même pas des photos : des souvenirs.

— Marie. La femme de ma vie.

— Elle ne vit pas ici ?

— Elle n'a jamais vécu ici. Et nous sommes séparés.

— Mais c'est la femme de votre vie ? Quand même ?

— Oui. C'est ça.

Il se masse douloureusement le front.

— Je comprends.

Le pire, c'est que ça a l'air d'être vrai.

— Vous n'êtes pas un type très heureux, hein ?

C'est pas comme lui et ça commence à bien faire. Le premier supérieur hiérarchique qui pourra m'en débarrasser sera le bienvenu. Où est donc mon annuaire ? Il sent le vent.

— … j'ai un peu abusé. Je vais vous quitter.

Il se lève, se replante devant le mur.

— Quand même. De belles photos.

Si je lui fous sur la gueule : est-il oui ou non dans l'exercice de ses fonctions ?

Il remet sa veste, paraît réfléchir. Je le pousse vers le couloir. Les chats se sont conduits proprement.

— … quand même (plus que pâteuse, la voix, mais j'aurais dû comprendre depuis longtemps qu'il en rajoutait délibérément)… faut être réaliste. Je vais pas tarder à être forcé de vous mettre en garde à vue (hoquet), *mon vieux.*

Il sort, commence à descendre les marches. Avant que j'aie refermé la porte, Radek file comme un dard. Vers le sixième étage.

Je le récupère au quatrième et le ramène par la peau du cou.

Je suis sonné, c'est vrai. Et un peu ivre aussi, pour tout dire. Ce qui devrait se régler par un autre verre de bourbon, une grande tasse de thé et un emploi judicieux de l'eau froide. Qui pense à s'écrouler sur un lit à une heure du matin ?

Villon a été très bien. Se faire liquider par un mec pareil, c'est un plaisir. Je bois mon thé. A lui seul, il ne me ferait peut-être pas grand effet. Mais entre chaque gorgée, j'achève de remettre mon vélo en état. Ça remet en forme.

Une dernière aspersion salvatrice dans la salle de bains et je n'ai plus qu'à charger mon engin sur l'épaule, dégringoler (pas trop vite quand même) l'escalier. Le quai.

C'est réglé, tout va bien. Il y aurait évidemment, en grattant un peu, une vague envie de draguer, de zoner dans les coins sombres des alentours du canal, évidemment, mais ce n'est pas une nuit à ça. Je file vers les Halles, en tout bien tout honneur.

Rue du Jour, la nuit, la librairie est fermée. Pas de flic en plan. Pas de flic visible. Et quand bien même : je m'autorise une marge de doute. Qui, ici, fait au demeurant quelque chose de répréhensible ? Le rideau de fer baissé de la librairie offre l'aspect classique et anonyme des établissements honnêtes en dehors des heures de travail. Rebutant. Mais la porte de l'immeuble mitoyen est, elle, largement ouverte. Et, par conséquent : tentante.

Tout bavard qu'il est, Villon ne dit pas grand-chose. Mais le peu qu'il dit est important. Il m'a parfaitement motivé pour connaître mieux certains aspects du *Paris-by-night.* Ainsi : les cafés-théâtres reconvertis.

C'est un de ces immeubles "réhabilités" dont le quartier est riche (et les proprios *idem*) depuis la destruction des pavillons : murs crépis et poutres spectaculairement apparentes. Chic-moche. Au bout du hall d'entrée, une porte qui donne accès à une petite cour. Cagibis, poubelles et autre porte. Logiquement, celle de la librairie ou, au moins, de son arrière-boutique. Cette porte-là est fermée. Fermée avec une méchante serrure merdique que je force en quelques secondes, quasi machinalement. Ah ! le bon vieux temps.

Les piles de bouquins le proclament : je suis là où je veux être. La pièce est minuscule, envahie, sans intérêt. Mais elle donne très directement sur la salle du magasin. Deux pas, j'y suis. Ma visite de l'après-midi m'a édifié sur la topographie des lieux. Je n'ai même pas à allumer mon briquet.

C'est en haut qu'il faut aller. J'ai naturellement remarqué l'escalier étroit, planqué derrière un mur de rayonnages qui permet d'accéder à l'étage. Je monte aussi silencieusement que possible – qui pourrait bien m'entendre ? – les marches qui mènent là-haut.

C'était donc là la salle de spectacle. Ou plutôt : ce lieu troublasse décrit par Villon (avec un certain talent, il faut bien dire). Où, exactement ? Je suis dans une sorte de vestibule minuscule. Je devine un reste effondré de comptoir ou de guichet. Ou de bar. Ou de vestiaire. La ruine gagne vite. Avec en plus une vilaine odeur de moisi, de pourri. Il fait sombre, mais je distingue des masses qui me permettent d'avancer : une vague lueur est diffusée par les fenêtres des deux pièces qui donnent sur la rue. Les masses, pas les détails. A chaque pas, pourtant prudent, je me heurte à des obstacles : gravats, piles de vieux journaux, bouteilles vides. Le pire est que j'adore ce genre d'endroit.

Je me casse la figure, bêtement, contre un vieux bout de bois qui traîne. On ne peut certes pas vaincre tous les obstacles. Je suis néanmoins un peu humilié de ne pas avoir mieux prévu la présence de ce portemanteau, sur le plancher, contre lequel j'ai trébuché.

Maintenant, au choix, deux entrées. Assez curieusement – mais il y a là aussi un air de déjà-vu – elles ne sont équipées que d'une seule porte, qui se rabat sur l'une ou l'autre entrée, ouvrant et fermant *en même temps*.

L'entrée de gauche : une salle qui devait servir aux spectacles – ou à ce qui, ici, en tenait lieu. Il y a encore de nombreux sièges et, près de la fenêtre, une vague estrade. Un rideau de couleur indistincte, la crasse et l'ombre, pendouille lamentablement. C'est sinistre, sans surprise. J'avance.

Sur ma droite, une petite porte. Elle devait ouvrir sur les "coulisses". C'est-à-dire l'autre pièce. Les lieux sont tellement exigus qu'il n'y a guère à se tromper.

A peine franchi le seuil, je me prends à nouveau les pieds dans quelque chose et manque de tomber. Des chiffons. Ou plutôt (j'allume mon briquet) : des fringues. Rose m'avait effectivement parlé de ces costumes, laissés par les précédents occupants.

Des vestes galonnées, des bottes, une soutane, des gilets, tout cela en piteux état, dégageant des effluves de moisi : cimetière d'uniformes et de livrées, je présume, admiratif devant la logique de fer qui préside à cette histoire de branques.

Laissant là ce tas pitoyable, j'avance au jugé vers la porte du palier. Prudemment. J'en ai un peu assez de me prendre les pieds dans des saloperies. Je me cogne donc la tête.

Pas un vrai choc. Rien qu'un truc mou, qui ballotte. Balance. Je sais avant de comprendre et je me casse une fois de plus la figure en sautant en arrière. Le cul au sol, j'ai froid, et peur. A quelques pas devant, haut, le truc se balance toujours au bout de sa courte corde, au bout du crochet : Francis.

A la lueur du briquet (je ne peux pas faire autrement que de le regarder attentivement, de près, longtemps) : Francis pendu, moche, le visage déformé, la langue sortie. Il n'arrête pas de bouger, de tourner sur lui-même et de me regarder. Sous lui, il y a un tabouret renversé. Et une tache infecte.

Il me faut longtemps avant de réaliser ce détail misérable : Francis est habillé en femme.

Je ne sais pas comment je suis sorti. Je suis là, dans la cour. Calmé, qui plus est. Haletant, mais calmé. J'efface consciencieusement les éventuelles empreintes que j'ai pu laisser sur la porte. Je suis certain que je n'en ai pas déposé en haut. Le corridor, la rue, l'air frais. Ce n'est qu'après quelques pas que je me plie en deux et que je vomis.

IV

Dimanche 21 juin. Le chocolat ne règle pas tout. Il est même un peu lourd. Très exactement comme un lendemain de cuite monstre doublée d'orgie. Je n'ai aucune certitude sur ce qui s'est passé durant la deuxième partie de la nuit. Sauf que tous les détails sont horriblement précis (les revers de dentelle de cette robe noire dont Francis s'est revêtu avant de se pendre... ou d'être pendu ; les mains fines, manucurées ; le maquillage ridicule, aussi).

Précis, pas plus que ceux de ce rêve dans lequel je me suis retrouvé piégé, après l'effondrement sur mon lit (comment suis-je rentré chez moi ? Par quel chemin ?). Il y avait Rose qui jouait aux échecs sur le carrelage du passage Véro-Dodat. Elle disait : "Chaque case est la pierre tombale d'une putain !" Et elle partait en courant, criant : "Echec à la reine, au roi, vite, vite." A chaque foulée elle perdait un vêtement et se retrouvait nue, indistincte, à l'autre bout du passage et riait : "Dulcinée ! Dulcinée !"

Le premier pavage du passage du Caire a été fait avec les pierres tombales du couvent des

Filles-Dieu. Le couvent s'élevait là, avant. Et les Filles-Dieu étaient des filles repenties. D'un repentir qui n'était pas absolument sans défaut, à ce que suggère la chronique.

Il y a belle lurette que ces pierres ont été recouvertes ou dispersées. On peut toujours se dire pourtant, en marchant dans le passage, qu'on y fait, en quelque sorte, le trottoir. Mais est-ce bien nécessaire de faire de l'érudition rêveuse au matin d'une nuit où l'on a découvert le pas bien beau cadavre d'un ex-petit copain ?

C'était moche, Francis, en travelo pendu. Très moche.

Suicidé, ou assassiné ? Moi, je n'ai pas les moyens de savoir. Prévenir Villon ou pas ? Grave question tactique. Ses petites investigations de routine lui permettraient sûrement de savoir dans quelles conditions est mort Francis. Reste que je me vois mal lui faire, tout de suite, le récit de mes expéditions nocturnes. Il serait trop content.

Alors, Rose. Evidence qui s'impose en tournant le bon liquide brunâtre dans mon bol, sous l'œil attentif d'un triumvirat sans principe des matous. Un danger menaçait Francis. Rose me l'a dit. Quel danger ? Elle doit me le dire.

Si je la retrouve. La question est que je veux la retrouver et pas seulement pour lui poser des questions. On ne rêve pas pour rien. Surtout moi, qui, comme c'est curieux, *ne rêve jamais*.

En avant donc pour la recherche de la chute d'eau. Cette parfaite idée de rendez-vous aléatoire dans

Paris perd beaucoup de son charme quand il y a urgence. Chute d'eau, dit-elle ? Soit. Il n'y en a pas tellement de possibles, et je me flatte de connaître un peu mon village.

Je zone, pédalant avec ferveur, des fontaines de Chaillot (à sec) au château d'eau de la place Daumesnil (qui aurait mieux fait de rester à sa place initiale, à République : vieille rancœur). Pas de Rose. Elle n'est pas plus à la Concorde. Il y a bien sûr des tas de jardins publics, des parcs, ou peut-être… il faudrait en dresser la liste méthodique. Je rentre vers mon canal.

Mon canal et ses écluses, pardi !

Je commence par l'écluse entre Seine et bassin de l'Arsenal, tout au bout du quai de la Rapée. Pas loin de l'institut médicolégal où le cadavre de Francis ne tardera pas à venir rejoindre celui de Brogna Yvonne.

De quoi circuler. Un fleuve, des rues, le périphérique, le métro, le canal : mais les quais qui mènent à l'écluse en bas du pont Mazas sont un des endroits les plus déserts de Paris. Le pendant, le sursis de la morgue toute proche. Il est un peu choquant que Rose n'y soit pas.

Elle n'est pas non plus, bien plus loin, à l'écluse qui marque la sortie de la partie souterraine du canal, juste en face de chez moi, quai de Jemmapes. Cela commence à ressembler à un manque d'imagination.

Sur la berge, je pédale si mollement que j'avance à peu près aussi vite qu'un piéton pas pressé. Il fait beau, mais la lumière ne suffit pas à estomper la tristesse du canal. Quelques urbanistes rêvent de faire de ce parcours une pimpante promenade pour familles de cadres moyens. On leur construit déjà des résidences sur les rives, en lieu et place des entrepôts abandonnés ou en ruine. Projet assurément préférable à celui, longtemps caressé, qui consistait à combler le canal pour en faire un axe routier. Mais comment peut-on être bête au point de vouloir faire d'un endroit dont toute l'histoire est marquée par le travail, le désespoir, les amours sans issue, les révoltes assassinées et la mort, le cadre d'une déambulation pour petits week-ends heureux ?

Au pont tournant de la Grange-aux-Belles, Rose est là, assise sur le quai, un peu cachée, les jambes ballantes au-dessus de l'eau. Elle est vêtue de son éternel – c'est la deuxième fois que je le lui vois – imperméable vert. Je la rejoins.

— Vous êtes un peu en retard, dit-elle. Moi qui croyais vous faciliter la vie en venant près de chez vous.

Je lui raconte mon périple. Elle a raison. La chute d'eau… c'était évident. J'ai un peu honte. C'est peut-être que je viens trop souvent ici.

Elle rit de ma déconfiture. Puis son visage se fige (elle a les traits tirés, les yeux cernés). Souvent c'est cela : cette brusque rupture dans l'expression, imprévisible, comme si quelque chose se cassait en elle, pour se renouer aussitôt, ailleurs, à un autre fil.

— Je vous attendais. Il y a quelque chose de grave. Francis est mort.

— Je sais. J'ai vu son corps cette nuit.

Nouveau changement. Sourire presque franchement joyeux.

— Ah ! Moi aussi. Cette nuit (quelle coïncidence, pas vrai ?), à *La Broyeuse.*

Une information comme une autre, dite comme ça, en regardant un petit amas de détritus qui se forme sous nos pieds, au fil de l'eau, dans un recoin de maçonnerie de la berge. Il y a un pigeon mort qui dérive.

— Je ne savais pas que vous y étiez allé. Je pensais qu'il était urgent de vous prévenir.

— Vous n'avez pas tellement cherché à me joindre !

Indignée :

— Je n'allais quand même pas vous téléphoner ! Ça n'aurait pas été régulier. Vous me cherchiez, je vous attendais.

Ce n'est certes pas la première fois qu'une femme que j'aime est folle. Celle-ci est très folle.

— Pourquoi Francis est-il mort ?

— Oh ! Comme Yvonne, sûrement.

Deux cadavres : cela vaut-il au fond un commentaire ? La mort, des autres, ce n'est pas toujours un sujet de conversation. D'ailleurs, ce sont toujours les autres qui meurent.

— On se promène un peu ? dit Rose.

On peut se promener. Nous rejoignons le trottoir qui longe la berge. Délaissant le petit square sombre et humide auprès du pont, nous nous dirigeons vers le quai de Valmy.

Rose se retourne et regarde vers la rue de la Grange-aux-Belles qui monte derrière nous. Une pente maintenant douce, mais qui fut autrefois redoutable. Dernier effort avant la fin.

Arrêtée, mains dans les poches, elle regarde vers le quai, en face. Il me semble qu'elle va parler de l'*Hôtel du Nord* qui est là, bien sûr, petit immeuble anodin, caché derrière les grands arbres. Mais c'est le numéro 96 du quai de Jemmapes qu'elle me montre.

— Là, au rez-de-chaussée. C'est un restaurant. Avant, c'était une librairie. Un peu local politique, aussi.

— La *Librairie du travail.*

— C'est ça. Avec tous les gens qui refusaient la guerre (elle prend un air un peu rêveur, presque confus). Monatte, Rosmer.

— Trotski, aussi.

Elle rit :

— Oui. Trotski aussi. Excusez-moi.

— Je croyais que la politique ne vous intéressait pas.

— Ma position, c'est l'absence de position. Je n'ai pas de suite dans les idées, pas de conviction. Vous comprenez ?

Rosmer, Bronstein, etc. Quand j'ai pris mon appartement quai de Jemmapes, j'étais content de savoir que c'était tout près qu'ils se réunissaient, les copains, les vieux.

— Mais vous n'étiez déjà plus un militant.

Il faudrait mettre les choses au point. L'éloge de l'inconséquence, c'est son registre : pas le mien. Ou, plus exactement : moi, je débute.

Nous marchons le long du quai, sans plus rien dire. Tout le monde, je suppose, commence à en avoir marre de mes aigreurs et nostalgies coupables. Pour être tout à fait franc : mes petites douleurs ne m'amusent plus tellement. Et Rose dit :

— Comme vous avez des tas de questions à me poser, on pourrait régler ça maintenant, non ?

— Oui.

(Je dis "oui" machinalement et parce que je ne peux pas répondre autre chose. J'ai un peu perdu le fil.)

— Entrons là.

C'est un bistrot et j'y suis déjà allé deux ou trois fois. Un vieil estaminet racheté par une bande de loufoques. Au début, l'objectif était vaguement coopératif, avec projet d'animation du quartier et tout et tout. Maintenant, on vend de la limonade pareille qu'ailleurs. Seulement, il y a des affiches de films des années cinquante aux murs, les tables sont en vrai marbre et il n'y a pas de flipper. Pour faire bonne mesure et pour marquer la différence, les serveurs tutoient la clientèle. J'aurais autant aimé un autre endroit.

Rose attend. Elle met la main en coupe au-dessus de sa tasse de café, comme si elle la réchauffait. Je lui dis que... non : je ne lui dis rien. Les tics familiers de Marie, ça ne regarde que moi. Même si j'ai la tête ailleurs, même si je n'ai aucune envie de jouer au flic, même si Rose n'a pas l'air d'aller bien, il faut en venir au fait.

— Francis ? C'était quelqu'un de proche ?

— Oui et non. Son suicide, ce n'est pas très surprenant.

— Vous êtes certaine qu'il s'agit d'un suicide ?

Elle me regarde, très surprise comme si je venais de dire une énorme grossièreté.

— Oui. Naturellement. (Elle s'arrête un instant, comme si, par bonne volonté, elle voulait bien envisager une autre hypothèse.) Des gens pouvaient avoir envie de le tuer, bien sûr, mais…

Elle aspire profondément la fumée de sa cigarette, tout en jouant avec son chapeau posé sur la table. Un drôle de chapeau. Un feutre toujours, mais cette fois orné d'un large ruban. Le motif rappelle celui des ceintures des Indiens d'Amérique. Ou les dessins très colorés de quelques artistes des années vingt.

— C'est toujours le cas, quand on fait quelque chose. Il y avait des gens qui ne l'aimaient pas.

— Quels gens ?

Rose, franchement goguenarde :

— Des gens comme vous en connaissez plein. Qui s'embarquent dans des histoires un peu étranges, ou idiotes, qui s'enflamment, qui ont l'impression de vivre de grandes choses. Qui jouent.

— Vous m'avez dit que Francis était en danger.

— Oui. C'est assez banal.

Il faut se ressaisir.

— Mais Francis ne faisait plus dans la révolution. Ses coups fourrés, c'étaient plutôt les maisons de rendez-vous et les appartements discrets, non ?

Elle dit, comme ça, aussitôt :

— Mais moi aussi, mon ami, je suis une putain. (Et enchaîne, tout de suite :) Un jeu. Rien d'autre. Pas plus, pas moins (elle insiste : pas moins, comprenez bien ça !). Un jeu avec ses règles, ses risques, Francis était un petit joueur (pause), un tout petit joueur sans beaucoup de talent, avide de gagner, sans évaluer les mises, et qui se mettait à paniquer quand il découvrait qu'il ne pouvait pas suivre (pause encore)… Yvonne était un peu comme ça, aussi.

Cruelle oraison funèbre.

— Tandis que vous…

— Oh, moi… dit-elle.

Le compte n'y est pas.

— Pourquoi cet habit de femme ?

Autre subit changement d'expression, ultrafugitif, mince, rien qu'un clignement des yeux avec une lueur, pas grand-chose :

— Ça : je crois que ça ne regarde que moi.

Elle embraye délibérément sur autre chose et me montre son sac, posé sur la chaise, à côté de moi. Un carton à dessin dépasse.

— Je peux regarder ?

Je fouille dans son histoire. Elle peut bien fouiller dans mon sac. Je lui tends le paquet de photos (je n'étais pas forcé, mais c'est un fait : j'ai jugé utile de les trimbaler avec moi, nouveaux fétiches).

Elle ouvre le petit dossier. La première image est celle d'*Etant donnés*, de Duchamp, photo que j'ai faite dans la nuit de vendredi à samedi. La seconde est l'agrandissement de la main du mannequin, la main gauche, qui tient haut levé le bec Auer.

— Dans la vitrine, ce n'était pas très bon, commente Rose dont les aveux sont désinvoltes. Vous aviez pris des photos ?

— Oui. Mais elles sont toutes ratées.

Elle tient les deux clichés, bras tendus, face à elle.

— La chose la plus étonnante, n'est-ce pas ? On se rend compte que c'est l'obscénité absolue.

Je suis d'accord avec ça. Je la comprends bien, trop. L'agrandissement qu'elle regarde maintenant, le con du mannequin ("la lumière doit tomber exactement sur le con", disait Marcel en note de ses instructions pour le montage de son petit travail), indistinct malgré tout le soin que j'ai apporté à ma photo, Rose le délaisse vite. Ensuite, c'est elle, passage du Caire.

— J'imagine, dit-elle, que là je suis piégée.

— Parce que c'est la preuve de votre présence à ce moment-là ?

— Non. Parce que c'est une photo qui me montre telle que je ne m'attendais pas.

Elle étale la série prise au *Café de l'Epoque*.

— Celles-ci n'ont aucun intérêt (retour passage du Caire). Là, je suis débusquée.

Elle ferme le carton. Elle ne veut plus voir ces images.

— Que faisiez-vous passage du Caire ?

Elle met du fric sur la table, sangle un peu plus l'imper qu'elle n'a pas quitté durant toute la conversation.

— La même chose que vous. J'étais à la recherche des images qui me plaisent (elle se lève). Jc n'aime pas ce bistrot.

Je la suis vers la porte. Puis la rue. Elle regarde le ciel.

— Vos photos sont très bien. Très méchantes. Très comme il faut.

Nous marchons, à nouveau, au bord du canal. La lumière a un peu baissé, quelques nuages rapides. Rose me tient par le bras, sa tête penchée sur mon épaule. Son parfum est toujours le même (quel parfum ?). Je lui montre l'hôpital Saint-Louis, que je connais bien, de l'autre côté de l'eau.

Comme je me suis arrêté et que j'ai l'air d'insister, elle me demande ce qui me prend, presque irritée. Toujours ces changements d'humeur.

— Savez-vous qui a découvert le principe du gaz d'éclairage ?

Amusée, maintenant. "Absolument pas", et d'un geste elle avoue que c'est une grave lacune. Je raconte.

— C'est un nommé Lebon. Sa découverte date de 1791. Mais ce n'est qu'en 1818 qu'elle fut expérimentée, pour la première fois, dans un lieu public. A l'hôpital Saint-Louis, précisément. Un premier janvier.

Les passages couverts sont venus après, contrairement à ce que j'ai longtemps cru. J'en suis désolé, autant que Rose. Mais c'est comme ça.

— J'aurais donc dû vous donner rendez-vous là, au lieu de Vivienne ou Véro-Dodat ?

— Je le crains.
— N'empêche... Lebon a dû être content.
— Je ne crois pas. Il est mort en 1867. Assassiné.
— Comment ?
— Je ne sais pas.

Je ne sais pas. Ça ne doit pas être très difficile à trouver, mais je ne me suis jamais donné la peine de chercher. Ce que je viens d'apprendre à Rose (qui en reste bouche bée), je le sais depuis un long et involontaire séjour dans cet hôpital, suite à un dérapage, il y a quelques années.

— C'est vrai, remarque-t-elle, que vous boitez un peu.

Ce n'est pas à elle que je vais expliquer qu'il faut se méfier des gens qui marchent trop droit. Nous retraversons le canal. Je la photographie. Elle se retourne et pose avec affectation. Je mitraille (furieux d'être fébrile), essaie divers angles de prise de vue, m'agite comme si soudainement il y avait un enjeu.

Elle sourit et me laisse faire. Je descends les marches du pont tandis qu'elle reste en haut, accoudée à la balustrade, silhouette étonnante sur fond de ciel très gris, d'orage, qui évoque un autre vertige, menant plus bas, vers l'eau toujours impitoyablement calme.

— Descendez.

Je la photographie tandis que, docile, elle descend marche après marche. Mais elle s'arrête un instant, attendant que mon œil quitte le viseur.

— Ce n'est pas comme cela qu'il faut faire ces photos. Vous savez bien.

Et elle défait la ceinture de son imperméable. Ouvre le vêtement, le retire, elle est complètement nue, et descend l'escalier, laissant derrière elle cet amas vert, dérisoire.

Photo après photo, je la vois à peine, la cadrant au plus précis.

Quelques secondes, quelques marches et une dizaine de clichés. Rose est à côté de moi. Elle écarte d'un geste l'appareil, se colle à moi, m'embrasse. Ma main court sur ses cheveux, son dos, ses fesses. Violente jouissance. Cette fille nue, en plein midi, sur ce pont du canal Saint-Martin ! Jouissance comme je ne savais plus depuis longtemps. Elle, je crois qu'elle tremble.

Elle fouille dans mes poches et sort mon paquet de cigarettes.

— Habillez-moi, dit-elle.

Je récupère l'imperméable en haut du pont. Là-bas, quai de Valmy, un passant à petit chien nous regarde, incrédule. Rose enfile son imper.

— Je m'en vais maintenant. Je vous aime.

Puis :

— Faites votre travail (un souffle) : tant pis.

Je reste planté quelques secondes, ne comprenant rien à rien, puis je cours derrière elle qui s'éloigne. Elle se retourne.

— Je vous revois quand ?

Elle pose sa main, paume bien à plat sur ma poitrine, comme pour me tenir à distance. Elle fronce les sourcils, un soupçon, hésite.

— Cette nuit, si vous voulez. Vous pouvez me trouver. Ce sera dans un immeuble que Duchamp a habité à Paris. Il n'y en a pas tellement.

Elle précise :

— L'immeuble, pas l'appartement, hélas. Ça vous va comme jeu de piste ?

— D'accord. Mais ce soir, j'ai du travail, à cause des élections.

Elle fait un geste désinvolte (ça, c'est votre affaire).

— Comme vous voulez. Mais de toute façon, si vous venez : venez tard.

Elle s'apprête à repartir.

— Mais n'oubliez pas : ... je suis une pute.

Je la laisse s'en aller vers la Grange-aux-Belles, là où autrefois se dressait le gibet de Montfaucon, la plus célèbre des fourches patibulaires, où les condamnés du Châtelet venaient se faire pendre après l'inévitable halte devant l'entrée du couvent des Filles-Dieu, rue Saint-Denis, où les prostituées repenties offraient rituellement le pain et l'eau aux condamnés.

Je suis au pied de mon immeuble en quelques minutes. Je fais un amical sourire au flic en bourgeois – ou bien c'est un simple quidam – qui fait là les cent pas. Quel qu'il soit, il me répond aimablement.

Je téléphone à Daniel après avoir donné à manger aux bestioles. Il dit qu'il attendait mon coup de fil, que ce serait quand même bien sympa si on se revoyait un jour, que la situation politique a changé et l'orga aussi et que... Bon.

— J'ai pas grand-chose à te dire. Ce mec, Francis, s'est barré sans trop donner d'explications. Les copains qui militaient avec lui n'ont pas vu venir le coup. Tu sais comment ça se passe, ces trucs-là (je sais, oui, je sais). Rétrospectivement, ils ne pensent pas grand bien de lui. Mais ça ne veut rien dire.

Il parle à reculons. Si j'étais encore à sa place, je ferais pareil. Raison de plus pour savoir où gît le lièvre.

— Il n'était pas fiable ?

— Un peu faiseur. J'ai cru comprendre également qu'il était pas mal piégé (il hésite, bougonne, ça le fait chier de dire les choses comme ça, sans fioritures)... du fait qu'il était homo. Tu vois ?

Je me marre. Bien sûr que je vois. Et je me souviens bien.

— A l'époque on n'aimait pas trop ça, pas vrai ?

A l'époque, Daniel avait un mal de chien à cacher (mais il faisait des efforts) qu'il détestait tout ce qui ressemblait de près ou de loin à un pédé.

— On a évolué.

Sympa. Il pourrait me dire, histoire de mettre les souvenirs au point, que je n'étais pas plus à la coule que lui et que moi, j'étais, en plus, partisan d'exclure les camés.

— Et pour Francis ?

— Francis avait des liens emmerdants, compromettants. Tu vois le genre ?

Emmerdé comme un fou, Daniel. Bien sûr que je vois le genre ! Francis et ses petits copains de la tasse ou du ghetto, ça devait faire grimper au mur les camarades purs et durs. Ça devait les faire fantasmer sérieux sur les questions de sécurité : qu'est-ce qu'on a pu être lamentables.

— Après ?

— Après, on l'a revu de loin en loin. Il a, paraît-il, monté une boîte dans le quartier des Halles. Un truc mi-chair, mi-poisson. Quand ça s'est présenté, il avait l'air content de revoir les copains.

— Qu'est-ce qu'il disait ?

Là, Daniel est plus sur son terrain. Aucun problème. Les mises en perspective, ça le connaît.

— Les choses habituelles. Qu'on faisait fausse route, qu'on s'encroûtait, qu'on se bureaucratisait. Qu'il fallait être plus violent, passer à d'autres formes d'action, etc. (petit gloussement content). Les conneries courantes qu'on avance quand on se range des voitures.

— Je vois. Il devait dire aussi qu'il ne fallait pas s'inquiéter, qu'il serait du bon côté le jour où...

— C'est ça !

— Un social-traître, un capitulard !

— Si tu y tiens.

Oh, que nous sommes d'accord ! La question est : comment être d'accord contre soi-même. Mais qui parle de ça ?

— Mais qu'est-ce que tu lui veux, à ce type ? demande Daniel qui estime à juste titre avoir joué le jeu.

— La dernière fois que je l'ai vu, cette nuit, il était au bout d'une corde, habillé en femme et tout ce qu'il y a de plus mort. (J'allume une cigarette.) Avant d'en arriver là, je crois qu'il a fait pas mal de conneries. Je cherche à savoir lesquelles.

— Oh merde, dit Daniel sans conviction.

Mais un Daniel qui sait réfléchir vite.

— Cette nuit… ? Mais… dis-moi : c'est *hier* que tu m'as demandé des renseignements sur lui.

— C'est que les imbécillités commençaient déjà à s'accumuler sérieusement.

Pas envie de discuter. Shalom, *exit*, je repose le combiné.

C'est à peine fait que la sonnerie me vrille les oreilles, que je décroche et que c'est Villon. Qui fonce gaillardement.

— Il y avait un mec pendu, cette nuit, à *La Broyeuse* !

Et je n'y suis pour rien. Je vois déjà le cirque qu'il va me faire. Qu'il me donne cinq minutes et une machine à écrire : je vais lui rédiger son texte. Le mien est sans mystère. Je le lui débite sans reprendre souffle :

Après son départ, j'avais besoin d'air frais. J'ai pris mon vélo. Pour faire un tour. Est-il tellement surprenant que je me sois dirigé vers la rue du Jour ? Je suis entré dans la librairie (oui, oui, c'était fermé, d'accord, mais je suis entré, voilà, c'est dit – en infraction : oui). Il y avait un cadavre. C'était Francis. C'est un comportement suspect ? A vous de juger. Si vous estimez devoir…

Soupir, loin. Il n'est pas sur cette longueur d'onde-là, Villon. Il trouve, il dit que je m'emballe un peu, que je devrais m'asseoir (c'est fait), prendre un verre (ça va venir) et l'écouter.

— Premièrement : vous fracturez les portes comme un cochon. Deuxièmement : j'ai le rapport d'autopsie, votre copain s'est vraisemblablement suicidé. Troisièmement : au cas où il aurait été assassiné, vous avez un alibi en béton.

Tout en se raclant la gorge, il m'explique que selon le toubib, Francis est mort pendant que lui, Villon, était chez moi. Ou si peu avant que ça ne vaut même pas la peine d'en parler.

Il y a d'autres bonnes nouvelles encore ?

— Je fais naturellement surveiller *La Broyeuse*. On vous a vu entrer, sortir, vomir. Vous. Mais une heure avant, une fille est entrée, est sortie et n'a pas vomi. Francis devait être là depuis quelques jours.

Son sens des effets devient un peu lourdingue. Il insiste néanmoins pour me préciser que le signalement de la fille sus-citée correspond en tous points à celui de ma belle de la galerie Vivienne. Qui en doute ?

J'ai envie de raccrocher mais il me suggère à juste titre qu'une conduite aussi enfantine n'aurait aucun intérêt.

— J'ai d'ailleurs tout plein de choses à vous apprendre qui pourraient vous servir pour *votre* enquête.

Parce que, dans son esprit, je suis censé mener une enquête, moi, Blainville, petit pigeon au fil du canal ?

— Votre copain pendu avait deux frangines. Vous savez où on peut les joindre ?

— Non. Mais vous, comment savez-vous ça ?

Comme on explique les choses à un demeuré, gentiment, sans espérer qu'il va comprendre, juste histoire de faire son devoir.

— Il avait des papiers sur lui. En France, les recherches d'état civil se font assez facilement. De plus, il a fait pas mal de bêtises entre 1968 et 1971, période où les renseignements généraux n'ont pas chômé. Vous en doutez ?

— Non.

— Tant mieux. Parce que si vous doutiez de l'efficacité de mes chers collègues, je serais forcé de vous indiquer l'âge de votre père, le nombre de fois où il a trompé votre mère, les caractéristiques élémentaires de l'imprimerie clandestine que vous avez montée en 1972 – au bénéfice de l'immigration portugaise –, la nomenclature partiellement exhaustive de vos plus courantes perversions sexuelles et la date exacte de votre rupture avec Marie. On se comprend ?

Oui. Mais je l'envoie quand même chier.

Il n'a pas été question de la bizarre tenue de Francis.

Quant à Rose, il est confirmé qu'elle est jusqu'au cou dans ce merdier et que je m'en fous. Je m'en fous. Mais pourquoi est-ce que je m'en fous à ce point ?

La seule chose qui m'intéresse, c'est le développement des photos prises tout à l'heure sur le pont du canal. Ce sera toujours ça d'acquis, quoi qu'il advienne.

Ce n'est pas de l'amour que j'éprouve pour Rose. De l'intérêt. J'ai envie de la voir, de la voir faire et sûrement, le cas échéant, de la faire voir, de comprendre son mécanisme, ses fonctionnements. Je ne l'aime pas. C'est que mes rouages à moi sont cassés.

C'est cela l'idée qui trotte et s'impose tranquillement tandis que je traite le film pris tout à l'heure, cette évidence nouvelle du moins dans sa formulation claire, pas même douloureuse : ce détachement.

— Ce détachement... c'est bête, n'est-ce pas ? dis-je à Radek qui s'est laissé enfermer avec moi dans le labo et qui frotte son échine contre mes mollets.

Suivre l'affaire d'un peu loin, en pointillé même, c'est cela qui me convient. Surtout pas mener une enquête, pauvre Villon.

Le film d'une main, la bobine de développement de l'autre. Dans le noir absolu, je commence à enrouler les précieuses images encore latentes. Cette routine me convient. Excitation, d'accord, mais aussi : salutaire mise à distance.

Qui peut être, accidentellement, définitive.

Quand, par exemple, le chat qui ne tient pas en place s'aventure sur le plan de travail et pose en toute sérénité sa patte sur l'interrupteur, inondant le laboratoire d'une fatale lumière très crue qui voile irrémédiablement le film. Comme il convient.

V

Et maintenant assez. Il est sain et urgent de passer à un autre chapitre. De travailler, de s'occuper du monde comme il va, de la politique, de luttes de classes et, aujourd'hui, des élections législatives.

Sans rire, il faut.

Téléphone. Après le cafouillage de rigueur avec le standard, j'obtiens la communication avec Marc. Au journal, à en juger par les bruits de fond, les interruptions fréquentes, les coups de gueule et la frime discrète de mon correspondant, la grande fièvre de la soirée électorale atteint déjà un bon niveau. Folklore pas mort.

Je dis à Marc que je m'apprête à partir en chasse.

— Toujours le même programme : la liesse populaire ?

— Toujours. Absolument. Je veux des chromos, des images pieuses.

Surtout : a-t-il trouvé les renseignements que je lui ai demandés ? Il a.

— Des bricoles assez marrantes. Mais je ne vois pas bien ce qui les relie. Faudra que tu m'expliques.

Le puis-je ? Respectueux du travail des autres, je lui propose de parler de tout cela tout à l'heure.

— Ne passe pas trop tard, pour les clichés.

Avant de descendre, je consulte une nouvelle fois le catalogue de l'exposition Duchamp de Beaubourg. Il comporte une biographie détaillée. J'établis sans difficulté une liste d'adresses, puis, l'avenir étant incertain, je donne copieusement à manger aux animaux, qui restent stupéfaits devant tant de largesse. Mes explications sur le caractère historique de la soirée n'ont pas l'air de les convaincre.

Bicyclette direction Bastille. A vue de nez, cette victoire a le triomphe modeste. Pas grand monde sur les boulevards et juste quelques klaxons timides, quasiment pour la forme. Le peuple de gauche serait-il frileux?

Au fait, j'ai complètement oublié d'aller voter.

Une assez luxueuse bagnole me dépasse, s'arrête au feu. Une vitre se baisse, une bouille apparaît, épanouie.

— Vous savez où c'est ?

— Quoi ? dis-je.

— Ben… la fête.

Avec les doigts, il fait le "V" de la victoire, un peu insistant, comme s'il avait affaire, après tout, à une saloperie d'ordure de réac. Moi, sur mon petit vélo ! Un peu vexé, je lui demande s'il permet, au moment même où je le fixe pour la postérité (merci). Grimace de protestation. "Holà ! Pas comme ça !"

La tête disparaît. La silhouette du type s'agite vers la boîte à gants. Qu'est-ce qu'il fabrique ?

Coucou le revoilà, presque tout le buste dehors, il brandit une rose, une belle, une rouge, en plastique.

Il entend le déclic du déclencheur et il est tout content. Les klaxons de ceux qui, derrière, s'impatientent interrompent notre petit manège.

Compte tenu de ce que me veut Marc, j'en aurai peut-être plus vite fini en demandant aux gens de poser.

Place de la Bastille, près de l'ancien *Dupont*, il y a un petit groupement qui se cherche ("On a gagné ! On a gagné !"). Euphorie un peu contrainte. Deux ou trois types tripotent des barrières métalliques et font mine de les traîner sur la chaussée. Quand la rue nous appartient, faut donc mettre des barrières ? Curieux.

Une *Internationale* très timidouille s'élève d'un tout petit stand, au pied de la colonne de Juillet. Ça sent la merguez-frites. Il fait doux et humide. Les braves gens glandent en attendant Dieu sait quoi (et moi donc !), contents, déçus, paisibles. Je les soupçonne d'avoir raté la grande liesse du 10 mai et d'être venus là, ce soir, rien que pour se rattraper. Un mois pour comprendre qu'il se passe quelque chose et qu'il convient d'en être, c'est somme toute un bon rythme.

Là-bas, ce n'est plus *L'Inter.* C'est un chant de l'Unité populaire. Le Chili. J'entends assez mal, mais je connais, je ne connais que ça, je connais tellement que me vient aussitôt ce mauvais frisson qui fait dresser le poil des avant-bras. *"El pueblo, unido, jamás será vencido."* Aussi martial, pathétique, désarmé qu'une forêt de poings face au fascisme qui, comme chacun sait, "ne passera pas". Tu parles, mon camarade.

Un groupe déboule du boulevard Henri-IV. Drapeaux rouges et, bien sûr, on n'y échappe plus désormais : tricolores.

"On a gagné !"

Tout le drame des victoires populaires, quand elles sont électorales, tient dans ce cri débile. Photo. Photo des nouveaux majoritaires et des futurs cocus. Si encore ils s'en tirent en n'étant que cocus…

Les mecs – rien que des mecs – s'arrêtent, me regardent faire mes mises au point. Ils posent. Ils sont un peu bourrés, très heureux, c'est à pleurer. Je fais semblant de les prendre et je réenfourche ma bécane, direction l'Hôtel de Ville. Je ne remercierai jamais assez Marc de ne pas m'avoir demandé de faire les états-majors électoraux.

C'est partout pareil. Des petites grappes de citoyens descendus dans la rue, en famille, sans but. Pas le grand soir, un grand jour. Rien d'un déferlement. La force tranquille en baguenaude n'a rien de spécialement photogénique.

Je décide de mettre un terme à mon périple tristounet. Place de la République, je m'autorise une bière. Je suis largement dans les temps.

Au *Relais d'Eguisheim*, après avoir pris ma commande, je me colle l'écouteur de mon transistor à l'oreille. Des fois, sait-on jamais, qu'il se passerait quelque chose quelque part, dans Paris. Mais non. Ça cause dans le poste, ça pontifie, ça déclare, ça promet que, ça met en garde, ça meuble avec des formules la petite zone infra-mince qui sépare le déjà-plus du pas-encore.

A deux tables devant, un couple, doigts enlacés, yeux dans les yeux, une rose rouge posée entre les verres. Il ne sera pas dit que ce soir je fais dans la dentelle : photo.

Petite tape sur l'épaule. "Tiens, quelle surprise !" Villon. Comment ai-je pu penser un seul instant que je pourrais lui échapper ? Il s'installe d'autorité en face de moi. Avant même d'avoir le cul sur sa chaise, il a déjà commandé un "sérieux".

— Vous vous promenez ?

— Je trime. C'est l'heure de la pause.

— Qu'est-ce que vous pensez des résultats ?

— Qu'*unido* ou *desunido*, le *pueblo desarmado* sera toujours *vencido*. A part ça, je suis plutôt content. Pas vous ?

— Si, si (très convaincu). Absolument ravi. Remarquez, chez nous, ça va poser des problèmes.

Va-t-il me faire le numéro de la grande douleur des flics de gauche ? Non. Il n'ose pas. Il n'est pas en service. Alors parlons du seul lien qui nous unit.

— J'avance doucement (grimace très étudiée). En réalité (il hésite avec un art consommé)... en réalité, je bute sur l'essentiel. En partie à cause de vous, d'ailleurs.

Il a ménagé son effet, mais c'est la meilleure de la soirée. Villon s'abîme dans la contemplation de son fond de verre puis me sort son bon sourire triste et démago. C'est pas un flic, c'est un cocker.

— Glaner des renseignements sur Francis, sur Yvonne, sur la fille de la librairie, sur vous-même (il insiste : "sur vous"), sur les éventuelles relations que vous entretenez avec les uns avec les autres… tout ça (gros plan)… tout ça n'est pas négligeable, et j'aimerais autant en savoir encore plus. J'y arriverai sûrement, avec mes petites techniques éprouvées de flic moyen.

Au bar, un type paye la tournée à tous ses voisins immédiats. Il vient d'apprendre que sa circonscription est passée à gauche. J'aurais peut-être mieux fait de choisir une autre place.

— Je suis convaincu que vous n'êtes pas coupable. Vous n'êtes même pas complice. En revanche, vous jouez un rôle important. Peut-être sans le savoir.

J'envisage un instant de sortir mon carnet et de prendre des notes. Sourcilleux comme il est, il risquerait de mal le prendre.

— Ce n'est pas à vous que je vais expliquer que c'est toujours le témoin qui fait l'événement.

Et le regardeur, le tableau (Duchamp), et le spectateur, le film (Godard). Quelle soupe !

— … vous êtes le parfait témoin. Compétent dans la passivité. Une machine enregistreuse. C'est comme ça qu'ils vous ont eu.

— Parce qu'ils m'ont eu ?

— Evidemment.

— Qui ça : “ils” ?

Vaste mouvement des bras. Choc. Fracas de verre brisé. Villon dit que ce n'est pas grave, le bock était vide. Il en commande un autre, pas même confus.

— Je ne sais pas, moi ! Les maniaques à qui nous avons affaire. Les semeurs de macchabées.

Bel et bon. Je me fais une ou deux petites photos de Villon en train de penser. Mais la gueule d'un flic noyé dans sa bière n'a jamais fait vendre un journal et Marc doit commencer à s'exciter. Je me lève.

Villon continue, obstiné.

— Je sais. Vous vous méfiez de moi, parce que vous croyez que je veux vous faire jouer le rôle d'un mouchard. Je n'ai pas besoin de vos renseignements. Vous ne savez pas le quart de ce que je sais, moi, sur cette affaire.

C'est assez vraisemblable. Alors : poulet, tu me la lâches, la grappe ? Hein ? S'il te plaît.

— Mais pourtant, vous la comprenez mieux que moi et c'est pour ça que je vous colle au train.

— Pourquoi ?

Stricte courtoisie, cette question. Je suis déjà debout, main tendue, pour en finir.

— Parce que vous êtes aussi dingue qu'eux.

D'accord. Dingues. Eux, moi, tous. Rose en tête. Qui en doute ? Je ne suis peut-être qu'une machine enregistreuse, mais payer un type pareil pour assurer la paix des braves gens : ça laisse rêveur. L'épuration de la police sera une tâche complexe.

Dingue, moi ? Pas le moins du monde. J'ai seulement fichtrement hâte de retrouver Rose. Tout à l'heure.

En attendant : cap sur *Le Grand Soir.*

Le Grand Soir (mais on dit : *Le Soir*) est évidemment un journal du matin. Autrefois animé par des bolchos farouches, il a depuis belle lurette abandonné toute référence à d'éventuels lendemains chantants. Ce qui a permis une sensible augmentation du chiffre des ventes et l'émergence de quelques talents qui s'encroûtaient dans la militance.

Comme tous les journaux propres et qui tachent les doigts, *Le Soir* a ses locaux aux lisières de la banlieue. Le bonheur de travailler pour un journal qui pense se paye donc présentement par la grimpette à vélo de la petite côte de Charonne. Une bagatelle en soi, mais, les émotions s'accumulant, je commence à fatiguer un brin.

Le Soir est coincé entre un immeuble décati et un ancien dépôt SNCF, en contrebas de l'ancienne ligne de Petite Ceinture, tout près de l'ex-gare d'Avron, désaffectée.

Tout un cinéma à l'entrée, reliquat des temps héroïques – porte blindée, sas, porte blindée à nouveau (les gonds ne résisteraient pas à un couteau suisse) – contribue à entretenir l'image de marque.

Derrière son judas de plexiglas épais et sale, le copain de garde (et furieux de l'être) me jette un regard soupçonneux. Une fois entré, et comme on se connaît quand même un peu, j'ai droit à un vague bonsoir.

Histoire de faire sérieux, et puisque ce type est censé être journaliste, je demande si les résultats électoraux de Paris (toujours les derniers avant Wallis-et-Futuna) sont tombés. Il s'en fout. Ce qui le branche, le cerbère, c'est qu'après le Grand Prix d'Espagne (auto), Laffite est en cinquième position au championnat du monde des conducteurs. Un soir d'élections, c'est logiquement la rubrique sportive qui se tape la corvée de standard. J'aurais pu le deviner.

Mon entrée passe totalement inaperçue. Je ne sais pas comment c'était tout à l'heure, au moment des résultats. Maintenant, tout un chacun est installé dans le confort de la victoire, très "pro", très petit-canard-deviendra-grand.

Avant d'aller au service photo, je me plante devant le télex. Pas pour lire les dépêches : pour les voir défiler. Après l'appareil photographique, le télex est la plus belle machine du monde.

— C'est bon ? me crie Marc de derrière son bureau, loin, tout au fond de la salle.

Je vais le voir dans sa tanière. Il a les doigts suspendus au-dessus du clavier de sa vieille Remington. Au-dessus de lui : un grand portrait de Staline, une photo de Bardot dans *Et Dieu créa la femme*, une autre d'une manifestation antiguerre aux Etats-Unis, dédicacée par Gilles Caron, une autre encore de sa petite amie, faite par moi.

Marc ressemble à tous les rédacteurs en chef. Pour certains, ce sont les bretelles fantaisie, pour d'autres les gros cigares (les Boyards maïs étant toutefois plus chics). Lui, son signe distinctif, son look longuement mûri, testé, peaufiné, c'est la veste de chasseur, couleur vert olive en souvenir d'autre chose, et tapissée de poches : une vingtaine au moins, d'où il extirpe, en fonction des besoins ou de l'effet à produire, crayons, stylos, paquets de clopes, notes, gros feutres pour raturer rageusement les articles des copains, carte orange, clés de bagnole, indicateur des chemins de fer, agenda, brouillon de l'éditorial en cours, journaux du jour, courrier, paire de ciseaux, timbres découpés (le fils de Marc en fait collection), ronds de bière (c'est Marc qui en fait collection), *Officiel des spectacles*.

Il affiche la décontraction hâtive du responsable qui sait qu'un bouclage ne se recule pas éternellement et qu'il est toujours gênant de louper la province. "Tu ramènes du bon ?"

— Du pompier.

— Tout comme j'aime. File au labo.

Et dans la foulée, hypocrite : "Et si tu as une minute, passe me voir après."

Slalom entre les tables, les corbeilles à papier, les rouleaux de télex, les piles de journaux. Je vois qu'il y a, ce n'est pas une surprise, déjà pas mal de photos d'agence qui sont arrivées. Ni meilleures ni pires que les miennes. Je remets mes pelloches à un type qui soupire. Chacun son tour. Moi, je n'ai plus rien à voir avec ce pensum.

Marc m'attend, à l'ombre de Djougatchvili. Il m'invite à m'asseoir sur une pile d'invendus, tandis qu'il extrait le dossier qui nous intéresse de sous un amas de dépêches découpées : les résultats partiels de l'élection du jour. L'amas glisse et tombe.

— De toute façon, on s'en fout. Même si les DOM-TOM font chier : on a la majorité... La majorité absolue, précise-t-il en allant pêcher une bouteille de champagne déjà largement entamée, échouée dans la corbeille à papier. Ils n'ont même pas besoin des stals.

— Mais ils vont les prendre au gouvernement ?

— J'espère bien (il se marre). Au moins on aura la paix sociale.

C'est pas tout ça, il en convient. C'est l'heure de la récréation. A voir sa mine gourmande, malgré le champagne tiède, il n'a pas perdu son temps.

— Je te dis tout de suite qu'il me manque le cuirassier. J'ai pas eu le temps de chercher à fond. Mais tout le reste est venu tranquillement. Y avait qu'à feuilleter.

Sa collection de faits divers : sa fierté, à cet homme-là. Comme d'autres les papillons ou les godemichés. Je bois à sa santé, à la victoire finale et je l'écoute, passionnément.

— J'ai suivi ta liste, et j'ai remonté le fil chronologique. Toutes tes affaires ont dans mon classement la mention "sans solution". La première remonte à février de cette année. Le 12 du mois, il y a eu un vol dans la suite occupée au *Grand Hôtel* par John D. Renasberg. Tu connais ?

— Non.

— Renasberg est marchand de tableaux. Il dirige des galeries dans la plupart des grandes villes européennes et, naturellement, aux Etats-Unis.

— On lui a piqué des toiles ?

— Non. Du fric. Renasberg est une personnalité assez controversée et son nom apparaît en annexe de plusieurs de mes petits dossiers. Il fricote vraisemblablement avec des faussaires. Sa spécialité, ce sont les avant-gardes du début du siècle : les futuristes, Dada, les surréalos, les premiers abstraits. Il a porté plainte, mais a quitté très vite le territoire français.

— Tu veux dire que le fric piqué venait d'une transaction douteuse ?

— C'est sûrement ce qu'ont pensé les flics. Toujours est-il qu'en même temps que le fric de Renasberg, ont disparu : un des chasseurs de l'hôtel et un valet de chambre. L'un et l'autre avaient été embauchés depuis peu. On a vite établi que les certificats fournis lors de l'embauche étaient bidonnés. On n'a pas retrouvé leur trace.

— Ensuite ?

— Le même mois, le 25, la femme d'un ponte du CNPF est agressée chez elle par un livreur de grand magasin. Elle avait effectivement passé une commande. On ne sait pas de quoi. Discrétion oblige. Il faut dire qu'une femme du monde qui s'approvisionne à la Samaritaine, ça fait un peu ridicule.

— Nature du vol ?

— Du fric liquide. Il y en avait pas mal. Le pseudo-livreur avait des complices en bas de l'immeuble, qui ont aidé sa fuite, mais il a agi seul dans l'appartement. Un coup gonflé.

— Le chef de gare ?

— Lui, on le trouve en avril, gare d'Austerlitz. Un producteur de cinéma, paraît-il assez connu, George W. Welch, un Américain, est descendu d'un train le lundi matin. On ne sait pas d'où il débarquait, mais à quelques sous-entendus, j'ai cru comprendre qu'il revenait discrètement d'une partie de cul organisée en province. Sitôt à bas du train, il a été abordé par un chef de gare et un gendarme. Ils devaient l'entretenir, disaient-ils, d'une affaire un peu délicate. Le Welch les a suivis jusqu'à une voiture, au parking. Là, il a dû avoir un doute : il y a eu bagarre.

— La bagarre d'Austerlitz.

Marc prend ça très mal. "Si ce que j'ai à te dire ne t'intéresse pas..." Il est parfois ainsi : susceptible et inculte. Je le prie humblement de poursuivre.

— Il a bel et bien été enlevé. Par la suite, on l'a forcé à retirer une somme assez considérable de sa banque. Un chantage, sûrement. On l'a retrouvé quelques jours plus tard, en slip, allée des Maréchaux au bois de Boulogne.

— Et enfin ?

— Enfin, dans les derniers jours d'avril ont eu lieu les obsèques de Régis Dumouchel, industriel sans histoire qui s'est néanmoins taillé un bel empire sur le marché de l'appareillage sanitaire.

— Tu veux dire qu'il était marchand de chiottes ?

— Cela même. Au matin de l'enterrement, un curé et un employé des pompes funèbres se sont présentés presque en même temps à l'hôtel particulier des Dumouchel, à Neuilly. Chacun de son côté voulait soi-disant vérifier et mettre au point les derniers détails de la cérémonie. En fait, à peine dans la place, ils ont braqué toute la famille éplorée.

Ils ont piqué tout ce qu'il y avait à piquer. Pas mal de choses au total.

— Rien que du liquide, malgré tout.

— C'est ça, à peu de chose près. Dumouchel était un type raffiné et il possédait une très belle collection de jeux d'échecs. Pas seulement avec des pièces en ivoire ou en bois précieux. Des jeux conçus par des artistes… tu vois le genre. Ils ont tous été raflés.

Il referme son dossier. Pour le moment il n'a rien de plus.

— Qu'est-ce que tu en penses ? dis-je.

— Ce que tu as dit toi-même. Tes copains aiment le fric liquide. Ce qui veut dire qu'ils n'ont pas de liens avec le milieu. Les receleurs, ils ne connaissent pas. Ou ils s'en méfient. A part ça, ils aiment jouer aux échecs. C'est bien leur droit.

"Moi-même d'ailleurs…" glisse-t-il en se resservant un peu de champagne dans un verre en plastique. Il se reprend :

— Je t'ai dit ce que je savais. A toi, maintenant. D'où sors-tu cette liste idiote ?

Je lui dis, et je pense sincèrement ou presque :

— C'est trop tôt pour t'expliquer. Il faut attendre un peu que ça mûrisse. Mais je peux te donner un début de piste. Tu connais Marcel Duchamp ?

Un peu étonné, le Marc, mais j'ai un atout maître : il tient toujours à laisser entendre qu'il en a vu d'autres.

— L'homme des mariées mises à nu et des moustaches à la Joconde ?

— Lui-même. Achète-toi un catalogue raisonné de ses œuvres et tu comprendras bien des choses.

Je ramasse mon blouson de cuir qui traîne dans un coin. Sous son portrait du Petit Père des peuples, Marc me regarde étrangement.

— Bon, écoute, tes histoires… (un peu de peine, dans cette voix-là). Pour l'édition de demain, de toute façon, c'est fichu. J'ai fait ce que j'ai pu.

C'est vrai et je l'en remercie. Je tiens à le lui dire.

— Te fatigue pas, c'est normal. A charge de revanche. (Pressant :) Mais tu vois, pour l'édition de tout à l'heure, moi, bêtement, j'ai une victoire populaire à proclamer pour demain dans les kiosques. D'accord ? Tiens-moi quand même au courant, quand tu pourras.

Qui sera ministre des Sports ? C'est la seule question que se pose le standardiste. N'ayant pas de réponse, je fonce dans la nuit. Vers mon destin. Sur mon vélo.

VI

Il n'y avait pas tellement à potasser. C'est une liste simple. Dans le désordre. Il y a la rue Saint-Hippolyte, où Duchamp s'est installé en 1913, venant de Neuilly. Il y a la rue Froidevaux, au 37. C'était en 1923, après un séjour à Bruxelles. C'est à cette époque-là qu'il a connu une grande histoire d'amour, avec une femme qui, elle, habitait avenue Rapp (faut-il tenir compte de cette adresse ?). La même année, Duchamp est chassé de son atelier de la rue Froidevaux par le froid. Il se réfugie à l'*Hôtel Istria*, rue Campagne-Première (il retrouve là des tas de gens intéressants). Mais il garde son atelier rue Froidevaux et il l'utilise, entre ses multiples voyages, jusqu'à ce qu'il trouve un pied-à-terre, 11, rue Larrey, en 1946.

11, rue Larrey, c'est aussi le titre d'un petit travail de Duchamp, qui ajoute des subtilités nouvelles à l'art de claquer les portes (ou à celui, conjoint, de les enfoncer).

Et puis il y a le 99, boulevard Arago, où il séjourne vers 1954. Mais l'appartement du boulevard était prêté par son ami Henri-Pierre Roché, l'homme de *Jules et Jim*.

Il y a enfin les numéros 65, 71 et 73 de la rue Caulaincourt, à Montmartre. Il était tout jeune, alors.

Cette liste n'est pas très longue, mais il est près de minuit.

Je commence par la rue Larrey. Parce que je n'ai pas un grand attrait pour le quartier montmartrois et que les 13e et 14e arrondissements me sont bien sympathiques. Je vais vers la Mosquée.

Le 11, rue Larrey est un immeuble haussmannien de sept étages, respectable et sans caractéristiques particulières. Rien sur les boîtes aux lettres ne me donne d'indication pour mon jeu de piste. Etage après étage, je n'ai qu'à faire les appartements un à un.

Un petit laïus tout simple : "Mes amis m'ont donné l'adresse, mais pas l'étage : je suis désolé, mais..." L'accueil n'est pas chaleureux ("Désolé, ce n'est pas ici"). On m'indique en grinçant les voisins réputés pour leur vie de barreau de chaise (qui d'autres pourraient être les amis que je cherche ?), mais ce n'est jamais ça. J'enregistre de curieux chassés-croisés, ceux du deuxième suspectant ceux du cinquième d'avoir une vie dissolue et les uns me renvoyant aux autres. En pure perte, de mon point de vue.

Mes statistiques sont formelles. A part un ou deux réacs et fiers de l'être, le charme de la soirée électorale pousse les gens à se coucher tard, satisfaits. Mais au total, c'est le bide. Rose n'est pas rue Larrey.

Direction boulevard Arago. Il commence à pleuvoir.

Le numéro 99 n'est qu'à quelques mètres de la place Denfert. Du lion, que j'aime. Etage après étage. Les gens deviennent de moins en moins aimables. C'est aussi qu'il est une heure du matin. Au quatrième, cependant, c'est la bringue débridée, la fiesta de la victoire (des chants révolutionnaires cubains sur l'électrophone, dans la pièce du fond).

— Vos amis ne sont pas là, dit la fille, qui a un peu bu. Mais si ça vous dit de venir prendre un verre…

— Désolé. Il est tard et…

Elle me tend le sien.

— *Cuba libre !*

Je rigole. Elle aussi.

— D'accord. (Je lève le verre :) *Hasta la victoria…*

— *Siempre !*

Et basta, je dégringole les étages. Au tour de la rue Froidevaux. J'attache la bicyclette aux grilles qui longent le cimetière de Montparnasse. Cela devient déprimant.

Pourtant, au troisième, porte de droite, malgré le silence total après avoir sonné, je sais que j'ai trouvé. Bruit de pas étouffés, lueur dans l'œilleton, jeu de serrure. C'est Rose.

Son visage (sourire) dans l'entrebâillement de la porte qu'elle ouvre largement, m'invitant à entrer.

Rose est nue. Ou presque. Simplement vêtue d'un porte-jarretelles noir et de bas fumés. Très sexy, très pute classique. Je ne sais pas exactement quelle tête je fais, mais Rose tord le nez comme une gamine surprise en train d'escalader l'armoire à confitures. Une bêtise. Pas une très grosse bêtise. Ben quoi ? Oui, bon, c'est comme ça.

— Vous entrez ?

J'entre. Déluge de courtoisie popote. Elle me prend par le bras, m'embrasse, m'entraîne. Nous tournons en rond dans le hall et c'est, à vrai dire, assez curieux. Qu'est-ce qu'elle dit, si vite ? Que c'est gentil d'être venu – est-ce que j'ai fait de bonnes photos ? – c'est bien, quand même, cette victoire – au fait : ai-je eu beaucoup de mal à la trouver ? Des bêtises.

Mais je n'ai pas grand-chose d'intelligent à produire en échange. Retour à la case départ. Elle est très nue, très belle, et j'ai envie de la regarder. Elle ferme les yeux, visage impassible. La seule distance qui nous sépare est celle de mes bras tendus, mes mains posées sur ses épaules. Epaules bizarrement frêles, presque trop. Seins qui me paraissent lourds, presque trop.

Et c'est un examen, même si je ne veux pas. Rose nue c'est plus une toute jeune fille et la lumière dure qui tombe du plafond est parfaitement impitoyable. Un vrai corps, mais ne me viennent en tête que mes expressions stéréotypées de voyeur professionnel : hanches pleines, cuisses fortes, que sais-je ? C'est comme par réflexe aussi que je la fais pivoter sur elle-même, cherchant machinalement de la main un spot à mieux diriger, un réflecteur qui pourrait adoucir… rien. Elle est belle et c'est tout.

— Alors ?

Presque sèche. On ne rit plus. “Je vous plais ?” Tout va bien.

Rose me reprend le bras. “Vous allez tout savoir.” Elle se penche et parle bas, comme pour dire un secret.

— C’est une partouze. Je gagne ma vie (geste fataliste, marrant). J’ai pensé que ça vous intéresserait de savoir comment.

Je veux lui dire que… Je ne sais pas quoi lui dire. Elle me met un doigt sur la bouche.

— Vous pouvez encore partir.

Je peux partir, c’est certain. Je reste.

— Vous me suivez ?

Rose pousse une porte dans le vestibule. Un long couloir. Je la suis. Son cul est mis en valeur, c’est fait pour ça, par la ceinture et les bas. Son cul très beau, mais zébré de marques rouges.

— On vous a battue ?

Rose marche toujours.

— Un peu cravachée, tout à l’heure. Il y en a qui aiment ça. Je ne dis pas que je déteste.

Elle s’arrête, se retourne.

— Les gens payent pour ça, pour faire avec moi ce qui leur plaît. Dans la limite du raisonnable (qu’est-ce qu’une fille comme Rose peut bien mettre sous le terme de “raisonnable” ?). Et quand je risque de prendre plaisir au jeu, ils payent encore plus cher. Vous verrez.

Elle pousse une autre porte et nous entrons dans une vaste pièce un peu sombre. Mis à part l’angle qui m’est diamétralement opposé, une sorte de bar convenablement éclairé, les détails sont indistincts au premier coup d'œil. Toutes les sources de lumière ont été recouvertes de châles, de foulards. On faisait comme ça dans les surboums de mes seize ans, quand venait l'heure du pelotage. Cela dit, mes tendres surboums n'ont jamais eu cette allure, hélas. Car pour ce qui est du pelotage…

Une dizaine de personnes dans la pièce. Plus d'hommes que de femmes, je crois. Tout ce monde est soit convenablement débraillé, soit à poil, à quelques lingeries près. Bien calmes. On se tripote gentiment sur fond de musique douce.

Pour atteindre le bar, nous contournons un couple qui baise à quatre pattes sur la moquette.

— Un nouvel ami, claironne Rose, chemin faisant.

"Bonsoir" courtois. Y compris de la part de la petite dame qui est en train de se faire mettre. Rose me désigne vaguement un canapé, près du bar. Le type qui y est déjà vautré me fait un sourire avenant.

Il est d'une honnête quarantaine, les cheveux largement grisonnants mais abondants tout comme il faut. Comme il est dépoitraillé, je note que l'abdomen est d'une bonne tenue. Malgré le jeans ouvert. J'ai déjà vu ce mec. Où ?

J'allume la cigarette qui urge depuis un moment. Mes yeux s'accommodent. Six hommes, quatre femmes, plus Rose et moi. La pièce est aménagée dans un style années trente du meilleur effet, pour ce que j'en vois. Une bibliothèque occupe presque tout un pan de mur. Plus de bibelots que de bouquins.

Certains ici aiment pourtant la lecture : accoudé au bar, un couple compulse un gros volume. Une histoire de l'art. Lui est à poil. Elle, vêtue d'une fort élégante robe noire qui lui laisse les seins complètement à l'air.

— Vous trouvez quelque chose ? leur demande Rose.

— Pas encore, répond la fille qui secoue en riant sa longue chevelure brune.

Rose rit aussi, puis me tend un verre.

— Votre bourbon habituel.

Qu'ignore-t-elle de ma vie, exactement ? Elle s'éloigne. Je descends la moitié de mon verre. Un peu sonné. Pas mécontent.

— Vous devriez vous mettre à l'aise, dit mon voisin.

Il tire paisiblement sur son joint, me le tend. Je refuse poliment. Mais il a raison. Avec mon blouson, je fais un peu déplacé. Je déboutonne aussi ma chemise. D'ailleurs, il fait une chaleur épouvantable. Je suppose que c'est pour que ne se propagent pas dans ce calme quartier les râles de plaisir que les baies vitrées sont obstinément fermées.

La fille au livre d'art me regarde avec intérêt.

— Vous êtes un ami de Rose ? demande mon voisin.

Il a plus envie de causer mondain que de baiser, cet homme-là. Je me suis trompé sur son compte. Il tourne autour de la cinquantaine. Avec dignité, je dois dire. Belle gueule de mec qui sait penser et qui pense à soutenir sa viande.

— Les amis de Rose sont toujours bien accueillis. Nous savons par expérience qu'on peut lui faire confiance (longue inspiration de petite fumée folle). Une femme admirable. Un corps somptueux, un sourire de Joconde.

Je la cherche des yeux, machinalement. Elle n'est pas bien loin, agenouillée. Le type qui est debout devant elle apprécie peut-être son sourire, mais l'usage qu'il fait pour le moment de sa bouche est assez éloigné de ces considérations.

— Comme vous le savez sans doute, poursuit mon voisin, c'est à elle que nous devons la chance de nous connaître.

— Celle-là est très bien, dit la brune au bar en montrant le bouquin à son voisin.

— Je ne trouve pas, dit le type, pas convaincu.

— Si, si, c'est parfait.

Elle s'empare du gros livre, vient vers moi et me le tend. Il est ouvert sur une grande reproduction d'un tableau célèbre de Cranach, *Adam et Eve au Paradis.*

— Très beau, dis-je à tout hasard.

— C'est pour servir de modèle à un tableau vivant. Nous jouions à ça, avant votre arrivée. Que diriez-vous de faire Adam ?

— Excellente idée, dit Rose qui, ayant terminé ce qu'elle avait à faire, débarque là.

— Allons-y, dit la brune. Qui fait Eve ?

— Rose sera parfaite, dit le type du bar.

— Vous croyez ? dit la brune qui s'apprêtait à enlever sa robe.

— Je vous attends, dit Rose qui vient d'ôter son porte-jarretelles.

Il est un peu tard pour se poser des questions. Comme je n'enlève sans doute pas ma chemise assez rapidement, comprenne qui pourra, la fille brune m'aide à retirer mon jeans et le reste.

— D'après Cranach, il vous faudra cacher ça, dit-elle en me plaçant la main tout au long du sexe.

— Pas trop fâché ? me souffle Rose en m'entraînant au milieu de la pièce.

Nous nous disposons. Rose, debout, rejette légèrement le buste en arrière. Sa main gauche refermée en coquille dissimule son pubis. Le coude droit collé au corps, à la manière des élégantes allemandes du début des années vingt, elle me tend la main. Ou, plutôt, elle me propose une pomme inexistante. Cette offre est supposée provoquer en moi un mouvement de recul. De mon bras gauche replié, je me protège de la vile tentatrice.

— Voilà qui fera une parfaite feuille de vigne, me dit la fille brune en me tendant celle qu'elle vient d'arracher à un philodendron qui n'y peut rien.

A quelques centimètres au-dessus de la tête de Rose-Eve, un gros vilain serpent devrait logiquement suivre notre manège avec la plus grande attention. Je le regarde et j'entends quelques applaudissements. Il serait bien d'immortaliser cette scène par une photographie. Mais, d'une part, notre petit numéro n'est pas très original ; d'autre part, surtout, il ne me semble pas que les participants à cette charmante soirée soient soucieux de conserver des souvenirs de cette nature.

Nous abandonnons la pose en riant. Ce qui chagrine beaucoup le jeune homme qui se caressait mollement en admirant notre prestation. Je rejoins mon canapé, aussitôt suivi de Rose et de la fille brune. Tout en nous félicitant, le quinquagénaire se pousse un peu pour nous faire de la place.

— Vous étiez parfaits.

— C'est que ce jeu commence à être très rodé pour nous, dit Rose.

— Ah bon ! dit la brune. Vous vous connaissez ?

— Ce monsieur est un ami très cher, lâche Rose en me désignant (ton d'une starlette qui parlerait de son producteur après une nuit de bouts d'essai).

— Voilà une bonne nouvelle, dit la brune, dont la main s'acharne à remplacer la feuille de philodendron.

— Il fait soif, dit Rose joyeusement. Nous avons tous des retards en verres (elle pouffe, se reprend). Pardon, je voulais dire : des verres en retard.

Elle se lève un peu et se penche vers la table basse, devant le canapé, couverte de verres et de bouteilles. Vue imprenable sur son cul, parfaitement découpé, superbe, toujours strié de marques rougeâtres. "L.H.O.O.Q.", dis-je à voix basse en détachant chaque lettre.

— Pardon ? dit le quinquagénaire.

— Il a dit : "Elle a chaud au cul", explique Rose au voisin. C'est d'ailleurs de votre faute. Vous n'y avez pas été de main morte.

— J'espère que vous n'y avez pas vu outrage ! (Ton très mondain du coupable qui me lorgne, vaguement inquiet.)

— Vous savez parfaitement que rien ne peut m'outrager, dit Rose désinvolte en s'éloignant.

— Une femme vraiment remarquable, répète le type, de plus en plus envapé.

Je suis moi-même gagné par une douce torpeur. Il y a un vieux machin de Pink Floyd qui gratte et chuinte sur la chaîne pour le plus grand plaisir d'une dame à qui cela rappelle ses folles nuits dans les concerts pop. C'est ce qu'elle raconte au jeune homme qui s'active entre ses cuisses. Las ! le jeune homme a très précisément la tête ailleurs.

Rose a remis son attirail de pute. Présentement, une petite nana s'amuse à lui dessiner des moustaches et une barbiche avec un crayon de maquillage. Effet surprenant. Tout cela n'est-il pas un peu décadent ?

La petite nana embrasse Rose à pleine bouche, qui le lui rend bien. John Lennon a succédé au Pink Floyd et la dame des concerts pop a visiblement eu tout ce qu'elle a voulu. Son jeune homme traverse la pièce, tapote gentiment l'épaule de Rose au passage, lui dit quelques mots à voix basse. Rose a l'air d'approuver, se dégage des bras de la petite nana. Elle me fait signe de venir la rejoindre.

— Je ne vous ai même pas fait visiter la maison…

La petite nana semble penser que l'hospitalité de Rose marche un peu à contretemps. Elle tourne les talons. Son cul n'est pas terrible.

— Venez, dit Rose.

Elle m'entraîne vers un coin sombre de la pièce, tout près de la porte par laquelle nous sommes entrés tout à l'heure.

— Tenez-vous là un moment. Ne bougez pas.

Voix précise, rauque : changement de ton. Je connais parfaitement cette manière de dire les choses. Elle n'est pas propre à Rose. Je sais quand on l'utilise. Justement quand il n'est plus temps de discuter. J'ai compris.

Je repère l'endroit où traînent mes fringues. Les endroits surtout où j'ai mis les doigts, sur quoi, sur quelles surfaces. Je me cale contre le mur et quand la porte entre couloir et living est ouverte d'un violent coup de pied, que font aussitôt irruption dans la pièce, un, deux, trois, quatre, cinq types correctement outillés, qu'ils braquent tout ce beau monde en exigeant d'une voix calme que chacun reste à sa place : je me dis que c'est jusqu'à présent du très beau boulot.

Très beau : le petit jeune qui prend au collet, d'une main, la dame qu'il léchait il y a dix minutes et lui allonge de l'autre une claque salutaire, avant qu'elle ne pique une inutile crise de nerfs. Très beau : Rose qui circule vivement, allumant toutes les lumières, arrachant tous les foulards, voiles, etc., qui tamisaient les lampes. Très beau : le petit dispositif photo qu'un des membres de la bande sort de sa planque, dans un recoin du bar. Très beau : le tas de fringues et surtout de sacs, qui trône maintenant au milieu de la pièce.

Rose me tend mes vêtements. Elle-même se rhabille vite fait. Lennon chante *Instant Karma.*

La suite ? C'est inévitable. Un mec veut jouer les vrais mecs. Il aurait une belle prestance s'il n'avait pas le calbard à mi-cuisses. Il en a marre d'avoir les mains en l'air et il n'est pas du genre à se laisser intimider. Il le dit assez fort, haut et clair, en précisant même : "Et surtout pas par une bande de petites crapules."

Que faire ? C'est réglé comme un vieux rock'n roll. Poser le Magnum, sortir le cran d'arrêt, dégager la lame ("Tu vois ? Tu vois bien ?"), avancer vers le type, lui mettre la pointe sur la glotte, attendre un peu qu'il réalise bien et que tous ceux qui regardent fassent de même, le prendre ensuite aux couilles et tordre le tout, un peu. Enfoncer la lame, vraiment très très peu, pour dissuader toute gueulante, demander si ça va. En général : ça va. Alors il n'y a plus qu'à laisser tomber.

— Aucune motivation idéologique, pas de sens esthétique : aucune résistance possible, commente Rose en bouclant la ceinture de son jeans.

Mon ex-voisin de canapé regarde tout ça l'œil dans le vague, toujours aussi jointé. Faudra sans doute lui raconter le film. La belle brune du bar n'a pas l'air enthousiasmée par les "tableaux vivants" que la petite bande commence à organiser, avec photographies cette fois.

— On va se barrer, dit Rose. Ils n'ont plus besoin de nous.

Au vu des compositions que les copains de Rose ordonnent, notre *Adam et Eve au Paradis* était du genre chaste et pur.

Je récupère mon blouson et passe quelques coups de mouchoir là où il faut.

— Vous tracassez pas. Ils effaceront toutes les empreintes, dit Rose, vexée.

Elle se charge du sac plein de fric, de bijoux et de papiers que lui tend un de ses complices, et nous prenons la porte.

— Ce n'est qu'un tout petit début, dit Rose dans l'escalier en frappant joyeusement son sac du plat de la main.

J'en suis bien persuadé. Le chantage aux photos cochonnes qui sont en train d'être prises, là-haut, sera même sûrement plus rentable. Je m'en souviens maintenant, quelle mémoire lamentable. Mon camé de voisin est directeur d'un grand journal de gauche (un soir de victoire électorale, ça lui apprendra à se dissiper !).

— Il y avait aussi deux femmes de P-DG, sans leurs maris, me précise Rose. Et le fils d'un postulant au rôle de chef de l'opposition. Votre belle brune maigrichonne est Hélène Everling, parfumeuse bien connue.

Je n'avais pas remarqué qu'elle était maigrichonne. Rose saute au bas des dernières marches.

— L'ennuyeux, c'est qu'après la séance photo, il faudra raccompagner tous ces braves gens chez eux. Remarquez… peut-être que ça leur donnera l'occasion de nous faire des petits cadeaux. C'est ce qu'ils font, la plupart du temps.

Elle s'offre un grand éclat de rire qui doit bien réveiller un ou deux bourgeois.

La rue, enfin. Finie la pluie. Il fait doucement frais. Rose inspire à pleins poumons, s'ébroue. Qu'est-ce qu'on fait maintenant ? Elle, mutine :

— On continue ?

Elle me lorgne, se mord la lèvre et me ressort sa mimique de voleuse de confitures. Il est un peu tôt pour le premier métro, et je n'ai pas très envie de pédaler pour le moment. On continue.

— Alors, dit-elle, on va là.

Elle traverse la rue en sautillant gaiement. "Là", c'est le cimetière de Montparnasse.

Un tout petit talus, des arbrisseaux rachitiques, un mur pas bien haut. Par-dessus lequel elle balance son sac. A l'angle de la rue Froidevaux et de la rue Emile-Richard, il y a une sorte de borne. Rose y grimpe, se propulse, reste une seconde à califourchon en haut du mur, bascule et disparaît de l'autre côté. Je ne vais tout de même pas laisser une jeune femme aussi vulnérable se promener toute seule dans un cimetière, la nuit.

Le Père-Lachaise, à une heure semblable, j'ai fait une fois, il y a longtemps. Je voulais savoir si les vieilles histoires qu'on colporte, sur les gens qui font des choses pas propres du côté de certaines tombes, étaient vraies. Elles le sont. Ou du moins l'étaient. Il me semble. La nuit de ma visite, il n'y avait qu'une relative pleine lune, et je ne voyais pas tout bien (ce soir, on ne distingue rien à dix mètres, mais Rose a l'air de savoir parfaitement où elle va). Non, les cimetières ce n'est pas réellement mon trip. Le canal, en revanche, ça oui. Je veux dire : la partie souterraine, entre Bastille et place Jules-Ferry, sous le boulevard Richard-Lenoir. Y faire de petites promenades nuitamment, c'est ma spécialité, mon vice secret.

Le cimetière Montparnasse, désolé, je manque d'expérience.

— Le canal, si on a le temps, vous m'emmènerez ? demande Rose.

A l'angle de l'avenue principale et de l'allée du Nord, à la lisière de ce coin où l'on ne trouve pratiquement que des sépultures juives, quelques tombes sont en ruine, éventrées. Rose, sans la moindre hésitation, glisse son sac entre les pierres de l'une d'elles. D'après l'état visible du petit édifice, il ne risque pas d'être fleuri aux aubes par une famille attentionnée. Mais ceux qui viendront récupérer le sac planqué là auront peut-être la délicatesse de laisser une gerbe. Tels que je commence à les connaître, ce serait assez dans leur genre.

— C'est d'accord, pour le canal.

Nous marchons romantiquement, main dans la main et, somme toute, heureux.

— C'est étonnant que vous ne soyez jamais venu ici, avec Marie, dit Rose.

On ne pouvait pas tout faire. Décidément, quand ils ont fait leur petite enquête sur mon compte, Rose et Francis n'ont rien négligé. Rose surtout ?

— D'autant plus que Marie habite le quartier, insiste Rose.

— On a fait des tas de choses agréables la nuit, dans ce quartier ou ailleurs. Mais on n'a jamais pratiqué le cimetière. C'est comme ça.

Sa main sur mon bras, serrant un peu plus fort.

— Est-ce que finalement elle est montée toute nue sur le socle de la statue de Raspail ?

Ça aussi, donc ! Bigre : que me reste-t-il d'errance privée ? Je ris un tout petit peu, parce qu'il faut bien, pris de court.

C'était au commencement de l'hiver. Ce dernier hiver. Nous revenions de je ne sais plus quel spectacle, une corvée que nous n'avions pas su éviter. Après, nous avions un peu fait les bistrots, les halls de machines à sous, les flippers. Sans conviction. Il y a des soirs pour ce genre de virées. Cette nuit-là, nous avions plutôt envie de zoner dans les rues et de nous peloter sous les portes cochères.

Mais il y avait cette saloperie de froid, vif, maître du terrain, profondément bête. Il nous forçait à nous replier à la maison. Chez Marie, ce soir-là. Nous étions un peu dépités et frustrés. En passant devant le square sans grille de la place Denfert, Marie s'était plantée devant le socle vide de Raspail (le bronze du grand homme, comme pas mal d'autres à Paris, a bien involontairement contribué à l'effort de guerre allemand).

"Eh bien, avait dit Marie, poings sur les hanches, dès qu'il fera une température plus clémente, je grimperai là-dessus, je me mettrai toute nue et tu me photographieras. Ce sera le printemps."

— Vous étiez là ?

— Pas très loin. Vous avez répondu à Marie que c'était une excellente idée, qui d'ailleurs pouvait être prolongée : c'était toute une série de photographies qu'il fallait réaliser dans ces conditions. Sur tous les socles vides de Paris. Ceux d'Arago, de Voltaire, de Fourier, etc. Sans omettre, surtout, celui d'Etienne Dolet.

Pas très loin ! Elle devait bel et bien nous coller aux fesses. Je ne crois pas que nous tonitruions. Mais pourquoi m'a-t-elle parlé de ça ?

— Vous savez bien que nous n'avons pas passé l'hiver.

— Je le sais. Je n'ai trouvé que cette anecdote rigolote à vous rappeler… pour vous dire que je sais que vous n'allez pas fort, et que nous pouvons aussi, vous et moi, être un peu amis.

Elle se baisse vers une tombe, ramasse quelque chose, une rose de couronne mortuaire en faïence, qu'elle me glisse dans la poche. Et aussitôt, dure :

— Bah ! De toute façon, on est tous un peu déglingués. C'est le jeu.

— Soit. Mais il est tard, et donc temps. "Quel jeu ?"

— Quel jeu, au fait ?

Elle est bien d'accord, on n'y échappera pas : il faut discuter un peu. S'asseyant sur une tombe, elle allume une cigarette. Une des siennes, pour une fois.

Nous sommes dans le coin ouest, assis à quelques mètres d'une sépulture incroyable. Une statue se dégage d'un amas de pierraille. Un homme nu, cul rebondi et plutôt tentant. Eploré, l'homme de prière se cache la tête dans les mains.

— Une tombe anonyme, dit Rose. J'ai toujours pensé que la famille du défunt avait fait pression pour qu'un nom respectable ne soit pas gravé sur cet intéressant monument.

— Ou sa femme…

— Peut-être.

Elle s'installe confortablement, menton posé sur les genoux, bras enroulés autour des jambes repliées. "Alors ? Qu'est-ce que vous n'avez pas compris ?"

Villon adorerait ce genre de situation. Moi pas. Je désigne approximativement l'immeuble de la rue Froidevaux.

— Simple arnaque ?

Rires.

— Vous voulez dire : est-ce que vous faites ça simplement pour le fric ? (Elle se dandine joliment...) Non. Franchement : c'est pour le plaisir.

Elle se marre, et elle a un rire qui porte loin. Y a-t-il des rondes dans les cimetières ?

— Au début, c'était politique. Prendre l'argent là où il est, pas vrai ? Et puis redistribuer (elle se vautre sur la dalle, cherche ses mots). On l'a fait, faut pas croire. Un peu. Des comités, des copains en ont profité. Un peu au hasard. Pas beaucoup.

— Et puis ?

— C'était chiant, et inutile. Pour ce qu'ils en faisaient, de notre fric, les gauchos ! Alors un jour, je me suis engueulée avec Francis.

— C'était lui le chef ?

— C'était lui le politique. Et c'était lui qui nous avait entraînés dans ces coups.

Elle précise aussitôt :

— Remarquez... moi, dans les premiers temps, je n'étais pas là. Quand Francis a commencé à mettre au point ses histoires, après avoir quitté votre organisation, j'étais complètement en dehors du coup.

Mais la manière dont les choses se sont passées, elle en a entendu causer. Elle raconte.

— La militance, il en a chié pendant quelques années, le camarade Francis. C'était pas du flan. Il y croyait. A sa manière. Bien sûr : les discussions, les tendances, les fractions, les congrès, ça ne le passionnait pas. Son domaine à lui, c'étaient les opérations contre les fachos, les récupérations de matériel, le service d'ordre. Je suppose que vous le connaissiez bien, à cette époque.

Pas tellement. Pas du tout, même. C'est curieux, c'est comme ça. Francis n'était qu'un type que je voyais s'agiter, de loin.

— Lui, il vous aimait bien. Il vous estimait, d'après ce que j'ai compris.

Mais elle ne veut pas parler de ça, de nos vieilles histoires de zombies.

— Petit à petit, il s'est usé. Parce qu'il était pédé et que c'était mal vu ? Sûrement. Parce que c'était dur de passer ses jours et ses soirées avec les puritains de la révolution prolétarienne et d'aller draguer ensuite rue Sainte-Anne ou aux Tuileries ? Sûrement. Il y a aussi que votre gauchisme est devenu pépère, que Mai s'est éloigné. Je n'y connais pas grand-chose, mais je suppose qu'il y en a pas mal, de vos copains, qui sont partis comme ça, sur la pointe des pieds.

Plus qu'elle ne le pense. Et après ? C'était un test, voilà tout. Pas les procès, pas les camps, pas les caves. Rien de bien méchant : rien que l'apprentissage de la durée, de la patience, de la ténacité.

C'est le B.A.-BA qui a fait la sélection. On va quand même pas pleurer sur les exaltés déçus qui se sont trompés de hobby.

Rose s'en fout.

— Toute conviction est une maladie. Na !

Et continue :

— L'occasion, ça a été un petit héritage, complètement inattendu. Six mois avant, Francis aurait tout filé à la trésorerie de l'organisation. Il a tout investi dans le local de la rue du Jour.

Elle reconstitue, j'écoute distraitement. Il y avait longtemps que ça le branchait, le café-théâtre. Il avait pas mal de copains que ça intéressait aussi. Avoir une boîte à lui, ça simplifiait les choses.

— Au début, ça s'appelait *La Belle Hélène*. A cause du nom de guerre d'un travelo que Francis aimait bien et qui faisait des sketches. Ça marchait. La clientèle était diverse, pas seulement homo. Toute une petite faune nocturne se retrouvait là.

Histoire banale. Si Francis avait su correctement tenir un livre de comptes, tout aurait continué gentiment. Mais ce genre de talent, ce n'était pas pendant ses années de militance qu'il avait pu l'acquérir.

— Petit à petit, *La Belle Hélène* est devenue la couverture d'autres petites activités.

Des arnaques pas bien méchantes, des casses de circonstance, de vagues chantages, une manière tarifée de rendre certains services.

— Le fric rentrait. Francis ne se rendait même pas compte qu'il risquait à chaque instant de se faire bouffer par de plus gros requins. Et de temps en temps, un groupe d'excités gauchistes recevait un paquet de fric sans avoir la moindre idée de son origine possible.

Il fonctionnait comme ça, Francis. Un naïf.

— Au bout d'un moment, j'ai trouvé que ça commençait à bien faire. J'étais pas la seule. J'avais quelques idées.

Rose, étalée sur sa pierre tombale, la tête appuyée sur un faux bouquin en marbre ("A nos chers parents"), les yeux grands ouverts. Flash-back.

— En 68, j'étais aux Beaux-Arts. J'y étais déjà depuis pas mal de temps. Je me suis dit que je ne pouvais plus y rester.

Les affiches de Mai. L'atelier de sérigraphie. Les bringues à n'en plus finir. La fête, à ce qu'on disait.

— Même ça, ça ne m'avait pas tellement excitée. Votre 68, j'ai trouvé ça un peu terne.

Et comme, à court terme, il lui semblait qu'on pouvait difficilement faire mieux dans le genre, elle est partie. Elle a pris la route. ("Le 2 octobre", tient-elle à préciser.) Vers l'ouest, contrairement à pas mal d'autres, vers les Etats-Unis.

— L'encens, les fleurs, *peace and love* et les indienneries : ça ne m'intéressait pas du tout. Ce que je voulais, c'étaient des grandes villes, des machines qui font du bruit, de la pollution et de la vitesse. J'ai trouvé tout ça et j'ai été très contente.

L'après-Mai a décidément été sans pitié. Vais-je entendre mon cent millième récit de découvertes fantastiques, de déceptions en cascade, de retour sans gloire au bercail ? Rose roule sur le côté.

Dans cette nouvelle position, ses seins tendent la chemise.

— Au début de l'été 1969, j'étais à Philadelphie. Ce qui peut passer pour une erreur. Mais j'ai eu de la chance. Si on veut. Vous connaissez l'histoire d'*Etant donnés.*

— "Etant donnés : 1° la chute d'eau ; 2° le gaz d'éclairage" ? Oui. Depuis deux jours, je commence à bien connaître, à ne manger même que ça.

Je lui dis, mais elle s'en fout. Elle suit son idée.

— Je me promenais dans le musée d'Art moderne de la ville au moment où *Etant donnés* a été révélé au public.

Son histoire, au point où nous en sommes, aurait pu commencer par "il était une fois".

— Vous savez que Duchamp a toujours refusé d'exposer ce travail de son vivant. Il l'a élaboré dans le plus grand secret, pendant vingt ans. Quand il est mort, seuls quelques très rares intimes étaient dans la confidence. Mais il avait laissé de nombreuses notes, des photographies commentées qui permettaient de démonter *Etant donnés* et de le reconstruire dans un autre endroit.

En février 1969, on a donc entrepris le déménagement de cette œuvre bizarre. Il fallut trois mois pour la reconstituer selon les volontés de Duchamp.

— Il avait bien spécifié que, lorsque serait ouverte la salle d'accès à *Etant donnés*, il ne devrait y avoir ni inauguration ni déclaration officielle.

Je veux arrêter de la caresser, mais elle se raidit, retient ma main, la plaque contre sa poitrine.

— C'était étrange, vous savez. Les gens défilaient devant la grande porte espagnole, collaient leur nez dessus et regardaient par les deux trous… cette femme étendue, les jambes ouvertes, ce sexe, tout cet environnement : qu'est-ce que Duchamp avait voulu faire ? Est-ce que c'était une dernière bonne grosse blague ? Ou au contraire le point final ultrasérieux de toute œuvre finalement très mystérieuse ? Fallait voir la tête des soi-disant spécialistes ! Et le plus drôle, c'était de voir les gens mater un coup, pas trop longtemps, d'abord parce qu'il y avait la queue derrière, et surtout parce qu'ils étaient gênés. C'est quand même ennuyeux d'être vu, lorgnant par des trous de serrure !

Rose, elle, était fascinée.

— Je crois que je n'ai jamais rien vu d'aussi choquant, d'aussi fort. Je suis restée à Philadelphie plusieurs semaines. Je revenais voir *Etant donnés*, c'était un véritable rendez-vous amoureux, une passion.

Au Museum of Art de Philadelphie sont exposées la plupart des œuvres majeures de Duchamp.

— Je regardais tout ça, je traînais dans ces salles tous les jours. Ce n'était pas une étude. Je passais un temps fou en bibliothèque, à lire des ouvrages sur Duchamp, mais ce n'était absolument pas l'érudition qui m'intéressait. Je voulais juste avoir quelques éléments pour comprendre comment tout ça fonctionnait. Et, peu à peu, je me suis mise à m'y retrouver, à me sentir chez moi au milieu de toutes ces choses.

Comment cela se passe-t-il pour des gens qui, un beau jour, se mettent à penser que le tarot, ou les astres, peuvent rendre compte de leur vie, l'organiser ?

— Duchamp, c'est pareil. Un jour, j'ai compris que *Le Grand Verre* pouvait très bien être un excellent traité de savoir-vivre. *La Mariée mise à nu par ses célibataires, même*, ça me convenait très bien.

J'ai entendu déjà de bien pires bêtises. J'ai entendu dire que la guerre du peuple était invincible. Que le pouvoir était au bout du fusil. Qu'union-action-programme-commun. Que ce n'est qu'un début continuons le combat. Que Hô-Hô-Hô-Chi-Minh, Che-Che-Guevara. Alors, Rose, la Mariée !...

— Il y avait d'ailleurs des tas d'indices amusants. Par exemple, j'avais quitté Paris le jour même de la mort de Marcel Duchamp. N'était-ce pas curieux ? Et lui, discret, avare de ses paroles, qui choisissait de s'en aller l'année des grands bavardages, des grandes démonstrations tonitruantes... ça m'amusait beaucoup.

Imparable, évidemment.

— Je suis rentrée à Paris. J'avais quelques raisons de me retrouver avec la petite bande de *La Belle Hélène*.

— Pourquoi ?

Rose, comme si elle me reprochait de me moquer d'elle :

— Vous savez bien : parce qu'Yvonne et Francis y étaient. Qu'Yvonne est ma sœur et Francis mon frère. J'étais bien heureuse de constater qu'ils étaient revenus de leur aventure gauchiste. On allait enfin pouvoir rigoler ensemble.

Tout doux, tout doux : moi, je veux comprendre.

— Yvonne était votre sœur. D'accord. Mais ce nom ? Enamelede.

— Amusant, n'est-ce pas ? (Rose aux anges…) Et ça aussi, c'est un indice curieux. Ce n'est pas son vrai nom, évidemment. Les flics ont toujours eu en main des faux papiers, quand ils l'ont interpellée. Des faux papiers que vous lui aviez faits.

— Qui ça ?

— Vous, votre organisation. En 68. C'était la "répétition générale", souvenez-vous. Vous vous apprêtiez à la clandestinité ou à Dieu sait quoi. Yvonne, la camarade Brogna, a été sélectionnée pour je ne sais quelle mission à l'étranger. Ça en dit long sur votre discernement : elle qui n'était qu'une brave petite barricadière dévouée. Vous lui avez fait de faux papiers.

— Et elle a pris ce nom-là ?

— Oui, c'est justement ça qui est un indice curieux. C'est moi qui ai trouvé cet "Enamelede" dans un bouquin, sur une reproduction de Duchamp. Mais, à l'époque, c'était l'été 68, je n'étais pas du tout branchée sur Duchamp.

"Apolinere Enamelede" : une petite blague réalisée par Duduche à propos d'Apollinaire, en utilisant et en détournant le chromo publicitaire d'une marque de peinture.

— Quand elle a largué ses conneries militantes, Yvonne a gardé ses faux papiers. Qui étaient d'ailleurs un peu vrais.

Suis-je bête ! Je m'en souviens maintenant : les vrais faux papiers de l'organisation. Un joli coup au milieu du grand bordel de Mai. Des copains avaient réussi à mettre la main sur un stock de cartes d'identité, sur les tampons. Tout ce qu'il fallait. Comme nous n'étions pas bien nombreux, que les tâches étaient immenses, que l'Histoire nous mordait la nuque, l'Yvonne Brogna a très bien pu se retrouver dans le marasme – après tout, l'orga venait d'être interdite par les flics –, investie d'une mission olé olé, avec toutes les protections de circonstance.

Quitte à se retrouver quelques mois après membre de la secte Duchamp.

A propos de cette secte, justement :

— Les bricolages de Francis, c'était pénible. Ça manquait d'idées, ça sentait son soixante-huitard honteux. Tout le monde n'a pas tardé à trouver Duchamp plus marrant.

— Tout le monde a marché ? Francis, Yvonne, d'autres, pour faire de la figuration dans votre petit théâtre ?

— D'abord, ce n'était pas de la figuration. Et puis, je vais vous dire : comme mère maquerelle, j'étais plus douée que Francis. Pour les casses, j'avais un peu plus d'imagination. Et on s'amusait un peu plus que dans vos bagarres de groupuscules.

J'imagine volontiers. Donc, Rose est la Mariée.

— Oui, oui, c'est ça. Mise à nu, le cas échéant, mais jamais possédée par ses braves Célibataires.

Des mômes. Je serais le papa, tu serais la maman, il y aurait la magnéto-désir et le soigneur de gravité, etc. Et alors ?

— Parce que, pour moi, la Mariée, c'est une pute. On a beau la mettre à nu, lui faire des numéros de charme, convoquer toute la machinerie : c'est elle qui baise les mecs et en sort intacte.

Sur l'aspect "intacte", il y aurait sûrement des choses à dire.

— Et chacun avait son petit rôle ?

— Plus ou moins. C'est bien ça le compliqué. Il n'a pas suffi de transformer *La Belle Hélène* en *Broyeuse*. Ni de trouver des Célibataires.

Gentiment, pédagogiquement, elle m'explique les difficultés de son entreprise. C'est que tout cela est bien compliqué, quand on y regarde de près.

— Comme vous savez, les Célibataires sont neuf, et ils résident dans la partie inférieure gauche du *Grand Verre*. Selon Duchamp, ils sont plutôt creux. Rien que des moules, des enveloppes, vaguement à l'image de ce qu'il y a de plus bête chez les mecs : le goût de l'uniforme.

C'est bien ce que j'avais cru comprendre quand j'ai demandé à Marc de m'exhumer toutes les affaires mettant en cause les "fonctions célibataires" mentionnées par Duchamp dans son tableau. Ce n'était qu'une intuition, mais la petite accumulation de faits divers connus depuis vendredi soir était tellement truffée de références à Duchamp que cela valait le coup d'être vérifié. Gagné.

— Dans une boîte comme *La Broyeuse*, ce n'est pas difficile de sélectionner neuf paumés, disponibles et bandant pour vous.

Nous sommes au petit matin du 22 juin, un lundi. Nous devisons tranquillement, Rose et moi, allongés sur une tombe du cimetière de Montparnasse, après avoir effectué dans les règles de l'art un fructueux hold-up de l'autre côté de la rue, là où a séjourné et travaillé pendant quelque temps un sacré joueur d'échecs qui n'était, de son propre aveu, "rien qu'un artiste". Et tout va bien. Qu'on ne me demande pas d'évaluer si ce que raconte Rose est inepte ou non.

Rose m'explique tout. Comment il a fallu ruser avec les macs des Halles. Comment elle a organisé sa série de casses et de hold-up pour éprouver un peu son monde. Comment elle a développé ses opérations de partouzes-chantage (long à mettre sur pied, mais très rentable). Comment elle a eu plein d'ennuis avec sa petite famille.

— Une fois adopté le principe, il faut que chacun trouve sa place. Yvonne ne pouvait pas être une Célibataire. Et il n'y a qu'une Mariée. Il me semble qu'elle en est morte.

On ne peut pas être plus détaché.

— C'est un fait : elle n'avait pas de rôle précis. Elle faisait la pute avec moi, mais sans conviction. Les photos cochonnes, ça l'amusait, mais ce n'est pas ce qui rapporte le plus. Elle ne cadrait pas dans la construction et elle avait l'impression de ne pas être à la hauteur. C'était assez vrai. Alors elle s'est suicidée.

Un frisson. Le froid de la nuit, qui retombe. L'humidité des tombes, du marbre, les arbres. Tout ça. Mais autre chose, aussi. Rose parle :

— Elle s'est suicidée au gaz. Ce qui m'a beaucoup émue. C'était une manière de me montrer que nous restions copines. Qu'il n'y avait pas de rivalité entre nous. Vous savez le rôle que joue le gaz dans la mythologie de Duchamp. Dans la mienne.

Le froid de la folie.

— Cette manière de mourir, c'était sympathique. Mais quoi faire du corps ? Nous l'avons transporté, Francis et moi, dans le local du passage du Caire. C'était notre sœur, n'est-ce pas ?

— Pourquoi là ?

— Parce que c'était le seul endroit. Ce local était une partie de l'héritage de Francis. Il en était le propriétaire, mais vous connaissez le problème des parcelles dans les passages. C'est un véritable maquis pour notaires, et personne ne sait quoi appartient à qui. Cette boutique a été louée on ne sait combien de fois. Et sous-louée. Le dernier usager est parti à la cloche de bois il y a trois ou quatre ans. Francis avait hérité des clés le plus légalement du monde. Mais de là à remonter jusqu'à lui : ce n'était facile pour personne. On se servait donc de ce local comme dépôt.

Le pire, c'est que je la suis très bien. Donc : ils transportent Yvonne.

— Nous ne risquions rien. On a mis Yvonne là. En plein jour. Les gens ont dû croire que nous transportions un mannequin.

— Et la mise en scène ?

— C'est moi, naturellement. (Elle s'anime, argumente, joue des mains.) Mettre Yvonne dans la posture d'*Etant donnés*, c'était un dernier hommage. Une réponse à son suicide au gaz (un souffle, peut-être le temps d'un souvenir)... Francis n'a pas été au courant, sur le moment. Ni les autres, bien sûr. J'ai fait ça toute seule. Vous comprenez ? Toute seule.

Forcer les membres d'un cadavre déjà froid, le raser, disposer un décor approximatif, juger le résultat, corriger quelques détails, sortir dans la galerie pour juger de l'effet obtenu, rentrer, etc. Je crois que je comprends très bien. Comme elle dit : bel hommage.

— Je ne pouvais pas savoir que Francis vous donnerait rendez-vous là.

— Pourtant vous y étiez.

— Vrai hasard (elle élude d'un revers de main). On a beau faire attention : le hasard risque toujours de vous tomber dessus. Il faudrait pouvoir le mettre en conserve.

Ce qu'elle dit est vrai. Ou faux. Je m'en fous un peu. Il y a encore beaucoup de questions à lui poser. Ne serait-ce que pour connaître l'histoire qu'elle peut imaginer en guise de réponse. Le jour se lève.

— Je pense qu'il faudrait partir, maintenant.

Ce n'est pas un quartier passant et nous franchissons sans aucune espèce d'encombre le mur d'enceinte du cimetière. Rue Froidevaux, Rose gambade avec une parfaite joie de vivre.

Francis ?

Elle s'arrête sans se donner la peine de redevenir grave.

Francis, c'est une autre histoire. Il faudra attendre.

— Et moi ?

— Vous ?

— Qu'est-ce que je fais là-dedans ? Je joue le Célibataire remplaçant ?

— Non, non, non. Pas du tout !

Mais elle n'en dit pas plus. Nous sommes place Denfert-Rochereau.

— Vélo ? Métro ?

— Métro. J'ai froid.

— Moi aussi.

5 h 30 du matin. Direction Clignancourt. Sur le quai d'en face, il y a le clodo incrusté que les petites dames de la RATP virent régulièrement mais qui reste là quand même. Elles crient très fort, les petites dames. Elles menacent de lui jeter un grand seau d'eau dans la gueule (elles disent bien : "la gueule !"). Le gars se lève, fait quelques pas tandis qu'elles s'éloignent. Et se réinstalle.

Ailleurs, sur les bancs, des silhouettes cassées, ravagées. La population des petits matins durs.

— Je vous donne rendez-vous en début d'après-midi, du côté du passage Jouffroy, me glisse Rose au moment où la rame entre dans la station.

— Ciel ! Un rendez-vous précis ?

— Un rendez-vous important.

Elle m'embrasse sur les lèvres.

— Parce que votre place à vous, c'est en bas, à droite du *Grand Verre*.

Je tombe de sommeil.

VII

Sortie place de la République, une fois de plus. Formidable et bonne hébétude. Le ciel est presque complètement dégagé, propre, net. Petit matin au rasoir.

Presque personne sur les trottoirs. Peu de voitures. Et le kiosque, où je me précipite. Journaux à pleine brassée, tout, les quotidiens, les news, les revues de photos, de cul, de BD, de mode. Beaucoup. Je suis en manque de papier imprimé.

Je feuillette tout, ce lendemain de victoire électorale, en remontant la rue du Faubourg-du-Temple. Heureux. Le simple bonheur d'avoir tout ça qui m'encombre les bras. Et cette partouze, il y a des siècles. Les Célibataires ? Parfaits, rien à redire, juste bravo. Et Rose sur sa tombe. Ses seins. Sa tenue de pute.

A la "une" du *Soir* c'est la photo du bon prolo, du prolo tel que Marc le propose à ses lecteurs-trices, poing tendu, avec ce moutard extasié au deuxième plan (je hais les gosses). C'est honteux, dégoûtant et ça rapporte un peu.

J'ai d'autres photos en pages intérieures. Bien meilleures (toutes proportions gardées), mais (format, impression) reproduites d'une manière telle que ça ne vaut pas le coup d'en parler.

Place Jules-Ferry, je fais la classique bise à distance au buste du génial Frédérick et une autre, plus appuyée, à la grisette 1830. Je grimpe chez moi (dans les derniers mètres, c'est un peu la hâte), caresse vite fait les matous et me précipite sur le premier lit venu : le mien.

Plus tard, beaucoup plus tard, quatre heures plus tard, il fait chaud. Chaud à transpirer férocement, à se débattre dans les draps, à se sentir sale, collant, poisseux, avec cette fièvre qui secoue.

C'est le soleil du matin, sur le lit.

Il faut avancer intelligemment, avec méthode. Dans l'ordre : du chocolat, du café, noir, amer, assez fort pour que la cuillère tienne plantée dans la tasse. Des œufs. Et un petit vieux bout merdique d'andouillette, là, oui, qui traîne dans le frigo. Encore du café. Pas d'alcool pour finir, pas question, finis les excès. Juste un grand verre de muscadet glacé. Suivi d'un autre, plus petit.

Cette histoire est bête, Rose est folle, Villon m'emmerde, j'ai passé l'âge, je n'ai plus le goût à. "Je ne sais pas ce que voulez, mais un conseil : tenez-moi au courant", dit Villon sur la bande du répondeur. "Excellentes photos", dit Marc immédiatement après, et qui ajoute : "Tiens-moi au courant de ton enquête."

Pas de message de Marie.

Les journaux, étalés par terre. “Le raz de marée”, “La vague rose”, “La deuxième victoire”, etc. Deux ou trois éditorialistes évoquent ce paradoxal mai-juin qui répond à un autre très vieux. Celui-ci est calme, paisible, la force tranquille, disent-ils. Tout change, mais quoi ? On sonne.

Reynolds. Je l’avais oubliée, celle-là.

— Je suis en avance ?

Je l’installe devant la cafetière, la charcutaille, la bouteille de blanc. Elle dit : “Merci, vous êtes gentil.” Elle a peur de je ne sais quoi et moi j’ai un peu honte. Je vais préparer le studio. Ce n’est pas très long.

Elle vient quand je lui dis de venir. Elle porte avec elle, dans un couffin, quelques fringues, à tout hasard.

Je lui propose de rester comme elle est, de bouger comme elle veut. Au début au moins, c’est à moi de m’adapter. Pour me chauffer. Je pourrais tout aussi bien ne pas mettre de pellicule dans mes appareils.

— Je fais comment ?

— Vraiment comme vous voulez.

Je l’ai déjà vue dans quelques rôles. Un peu Molière, un peu Shakespeare. Des trucs un peu trop ambitieux. Estime de la critique et dix personnes à chaque représentation.

Elle était, il y a quelques mois, une jolie Ophélie.

Elle sait y faire et elle est là pour ça. Elle a longtemps étudié devant son miroir les jeux de physionomie qui lui convenaient le mieux. Elle m’en propose un enchaînement. Sans intérêt photographique.

Il faudra sans doute plus de temps que prévu.

Sa Jenny, dans Brecht, n'était pas mal non plus.

— Oui, mais (pose de vamp) je n'ai pas eu de contrat depuis.

Des heures passées à attendre l'embauche. Qu'est-ce que je viens l'emmerder avec mes commentaires sur les rôles ?

Je lui propose de mettre sa robe du soir.

Elle va se changer, revient. La robe est noire, plutôt décolletée. Elle me dit qu'elle l'a faite elle-même. Déclic sur un joli mouvement d'épaules. Pour être bien sûre, elle me le refait plusieurs fois. Et moi, je bosse consciencieusement. A la mesure de mes moyens, elle sera aussi belle que possible. Elle peut compter sur moi, je truande rarement les paumés.

Je lui demande de changer un peu sa coiffure. Des polaroïds pour tester l'éclairage. Elle dit :

— Attendez.

Elle ne passe même pas dans la pièce à côté. Elle laisse simplement tomber sa robe.

C'est vrai. Elle m'avait expliqué, la première fois, au téléphone : il faudrait peut-être des photos sexy. Maintenant, elle répète :

— Il faut sûrement quelques photos comme ça.

Je lui réponds que je ne sais pas. Qu'elle est vraiment une bonne comédienne, qu'elle est belle.

J'aime quand une fille se déshabille, et j'aime la photographier à ce moment-là. Le plus intéressant, dans un déshabillage, c'est la photo qu'on peut en faire.

Dans l'intimité, cette fille est sûrement désirable. Exposée sous la lumière de mes spots, elle est d'une vulnérabilité à pleurer. Dans ce corps blanc et rose, dans ce sexe blond moussu, je n'arrive à voir qu'une fragilité navrante, prête à tout.

— Allons-y, dit-elle. Que dois-je faire ?

Deux rouleaux de bonnes photos qui lui plairont, sans problème. On saura, elle pourra voir, elle pourra montrer qu'elle sait porter une robe du soir façon Cendrillon, qu'elle sait s'en passer, qu'elle peut être rageuse, séductrice, aguichante, boudeuse, éberluée, fâchée, coquine, mutine, divine. Rien.

On saura tout ça, et ce sera un bon press-book. J'ai fait mon boulot comme un cochon. Je n'avais pas la tête à ça, mais c'est aussi sa faute. Elle n'avait qu'à ne pas avoir des petits seins trop durs, trop pointus, trop pleins de santé androgyne.

En avant donc vers le passage Jouffroy.

Attention. En y mettant les formes. La demoiselle Reynolds évacuée, j'ai repotassé ma bibliographie sur Duchamp (c'est accablant : j'ai vraiment laissé passer beaucoup de choses, depuis vendredi).

J'ai remis un peu d'ordre dans ma maison (j'ai même passé l'aspirateur, sauf sur quelques photos empilées dans un coin où une poussière s'accumule, du meilleur effet).

Zinoviev, Kamenev et Radek ne comprennent pas grand-chose à cette agitation. Il leur importe peu. Leurs écuelles sont pleines. D'abord la bouffe. La morale ensuite.

Vient ensuite le passage Jouffroy, conformément aux indications de Rose. J'y vais mais, auparavant, je m'autorise un petit détour par le passage des Panoramas, situé juste dans son alignement, de l'autre côté du boulevard Montmartre. Aucune nécessité, rien que le plaisir, c'est vite fait et c'est dit. Je retraverse et entre au numéro 10, à l'ombre de l'*Hôtel de Ronceray*.

Il n'est pas très tard, à peine midi. Mais c'est déjà grouillant de monde. Ce n'est pas la tradition feutrée des passages. Il n'y a ici qu'un avatar de l'agitation des boulevards. Je fonce droit vers le seul endroit qui m'intéresse, l'*Hôtel Mozart*, au bout de la première allée, juste avant la volée des marches qui conduit à la librairie Vulin.

C'est un jour que je me promenais là que Rose ou Francis m'a photographié. Non, Francis ne devait pas y être. J'aurais pu le reconnaître (quelle était donc cette drôle d'enquête qu'ils menaient sur mon compte ?). Il me semble de plus en plus que Rose a accompli ce travail seule.

Et, à coup sûr, cet endroit-là, entre une boutique de farces et attrapes, un portail de musée (Grévin) et un hôtel un peu mystérieux : il devait lui plaire.

La façade de l'*Hôtel Mozart* est parfaite. Vieux bois brun à moulures, entourant de beaux vitrages derrière lesquels sont tendus des rideaux opaques. Sur chacune des vitres, le mot "Hôtel" s'inscrit en larges lettres d'or. L'intérieur du hall de réception n'est visible que par la vitre de la porte d'entrée. Et encore, ce n'est qu'une illusion. Car, si on ne jette qu'un coup d'œil rapide, en passant, on ne voit que son propre reflet : un grand miroir ovale fait face à l'entrée.

Je ne suis jamais entré dans cet hôtel. Pas fou. Il est admis une fois pour toutes qu'il ne peut que s'y passer des choses abominables.

Rêverie obstinée, mais purement gratuite. L'établissement s'appelait, il n'y a pas si longtemps, l'*Hôtel des familles*. Objectivement, il y a tout lieu de penser que la tradition a été maintenue.

... Pourtant.

Rose n'est nulle part visible. J'entre donc. En évitant de lorgner du côté du miroir. Salle d'accueil du meilleur goût. Comme l'aurait aimée la chère Agatha Christie. Meubles sombres, odeurs d'encaustique. Je suis convaincu qu'au petit déjeuner on sert des muffins.

Il y a toutefois cet escalier, à droite quand on entre, qui conduit nécessairement vers de troublants étages. Et dans les chambres...

La dame derrière le comptoir est d'une amabilité parfaite. Elle a la courtoisie d'accepter telle quelle mon histoire d'épouse à qui j'aurais donné rendez-vous ici, dans cet hôtel. Et que je cherche, un peu inquiet.

Personne correspondant au signalement de Rose n'est passé aujourd'hui.

— Elle a dû être retardée.

— C'est vraisemblable, monsieur.

Sans trop réfléchir :

— Au fait : avez-vous une chambre de libre ?

Avec toute l'excellente éducation façonnée par sa formation professionnelle, elle se moque bien, la dame de la réception, de savoir si son établissement (l'établissement qui l'emploie) m'a été ou non recommandé par des amis de province. Elle s'en moque éperdument, de mes histoires.

Ce qu'elle sait, c'est que j'ai l'air honnête (c'est son droit) et un peu bavard. Mais, visiblement, je peux payer. Alors, elle consulte son registre et elle déclare qu'elle a une chambre de libre aujourd'hui. Un grand lit, salle de bains, petit déjeuner compris.

— Parfait.

Je retiens la chambre, verse un acompte et sors.

Rose n'est pas dans la galerie. J'ai beau faire plusieurs allées et venues entre l'entrée de la rue de la Grange-Batelière et celle du boulevard Montmartre : personne. Pure perte. Evidemment : Rose ne m'a pas donné une heure précise, et il est encore tôt.

Recueillir les fruits de la nuit passée a peut-être pris du temps. Sans parler du besoin de sommeil. Admettons. "En début d'après-midi", c'est une indication bien floue.

Je me vote une petite récréation. Au musée Grévin.

Ce musée, autre endroit magique. Sans fioritures, au premier degré.

Comme beaucoup, je l'ai connu tout môme, en même temps que la visite au Louvre et à la tour Eiffel. Une éducation parisienne. Je retourne parfois au Louvre. Il y a au moins vingt ans que je n'ai pas mis les pieds sur la tour Eiffel (et c'est idiot, c'est beau), mais je reviens souvent au musée Grévin. Un vice de plus.

Le charme des mannequins de cire joue toujours. D'abord parce que ce sont des mannequins, ensuite parce que ce sont ceux-là qui, précisément, sont à l'origine – je crois – de mon goût pour les poupées, petites ou grandes.

Gosse, je venais souvent ici avec ma grand-mère. Qui, avant d'être une grand-mère, était une sacrée nana. Elle était copine avec un type qui travaillait au *Palais des mirages*. Rétrospectivement, cette "amitié" m'a un petit air de boulevard du Crime et de liaison canaille.

Grâce à cela, nous entrions gratuitement au musée. Surtout, nous y entrions en dehors des heures d'ouverture.

De notoriété publique, j'en connaissais tous les coins comme ma poche. On me laissait gambader tout à mon aise au milieu des différentes reconstitutions.

En y repensant, cela devait arranger ma grand-mère et son copain. Ils devaient avoir leurs propres coins à eux dans le musée.

Pour moi, tout commençait à l'entrée de ce qu'on appelait familièrement, parmi le personnel, les "catacombes". Un parcours en sous-sol où sont présentés les "Tableaux de l'histoire de France". Une Histoire telle que plus personne n'ose la présenter. Réac en diable. On y accède par un escalier étroit.

Les catacombes commençaient, commencent toujours par une série évoquant la Révolution française. Une salle sombre à souhait. Pleine des figures inquiétantes de Louis XVII au Temple, de la princesse de Lamballe (ou plutôt de sa tête, fichée sur une pique), de Marat assassiné dans sa baignoire (sa vraie baignoire), etc.

J'avais un peu peur, j'étais heureux. Et seul. Je pouvais entrer dans les tableaux, découvrir leurs astuces, leurs truquages et, au passage, mettre familièrement la main sur l'épaule de Louis XVI ou sur le corsage gonflé de Mme Roland. J'étais un peu moins assuré quand il s'agissait d'aller voir de très près les geôliers du petit prince, au Temple. Ils grimaçaient dans le recoin le plus reculé du tableau le plus sombre de la salle.

Le musée ne change pas beaucoup. Assez pour entretenir quelques nostalgies. Il n'y a plus ce saint Jean-Baptiste hirsute et halluciné qui vous cueillait dès la sortie de la grotte aux singes (miroirs déformants). Il n'y a plus ce vieux monsieur sur un banc, mêlé aux visiteurs de la salle d'actualité, en train de somnoler sur son journal (le *Journal officiel*, pour ne déplaire à personne). Il n'y a plus, surtout, cette jeune femme sur laquelle on tombait inévitablement à un moment ou à un autre de la visite.

Elle était installée au pied d'un escalier discret et on avait toujours l'impression délicieuse de la surprendre, jupe très haut retroussée, remettant en place l'agrafe de sa jarretelle.

Son bas était filé, elle portait des gants. Comme Breton le notait, elle était surtout la seule statue "à avoir des yeux". "Ceux-là mêmes de la provocation." Elle a disparu depuis longtemps.

Et pourtant elle est là. Au bas de l'escalier qui mène au bar *A Robinson* (rendez-vous des "célébrités"). Elle a une robe noire fendue qu'elle ouvre sur le devant de la cuisse pour réajuster son bas. Elle n'est pas en cire, puisque c'est Rose.

— Ne bougez pas.

— Vous êtes toujours un peu long à me trouver, dit-elle quand j'en ai terminé avec mes photos.

D'accord. La case "passage" renvoie nécessairement à une case "mannequin" ou "poupée" – ou "cadavre" ? Rose a l'air en pleine forme.

— La prochaine fois, je viendrai simplement vêtue d'un chapeau et d'une veste d'homme. Vous me repérerez plus vite.

— Ou alors, avec une cage à oiseaux sur la tête.

— C'est ça.

Je lui explique que je la cherchais du côté de l'*Hôtel Mozart* et de ses chambres aux mille perversions. ("Ce n'est pas mal non plus", reconnaît-elle.) Nous sortons.

— Comment saviez-vous, pour le mannequin ?

— La fille à la jarretelle ?

— Oui. C'est quand même un souvenir d'enfance.

— Cette enquête que nous avons menée sur vous, vous savez : cela s'est fait très-très sérieusement.

Ah oui, encore ça, cette fameuse enquête. Le moment est peut-être venu de savoir à quoi elle devait servir. Je pose la question à Rose. Mais c'est tout autre chose qui la passionne.

Abandonnant mon bras, elle traverse le trottoir et va se planter devant une longue baraque foraine. Un jeu de massacre.

— Ça, c'est formidable, dit-elle. Il y a des années que je n'ai pas joué à ce jeu-là. On fait une partie ?

Une noce de campagne, avec les mariés, les témoins, la famille, le curé, le gendarme. Un bel alignement de trognes grotesques, peintes en couleurs vives et patinées par l'impact d'innombrables balles de son.

Rose s'active avec une belle énergie et une redoutable habileté. Ça pourrait être sympathique, ce n'est qu'inquiétant. En me voyant faire mes photos, le patron de la baraque – une gueule assez semblable à celle de ses cibles – me fait un petit signe.

— Vous savez (il me montre les silhouettes de bois découpées – Rose vient de se faire le gendarme), c'est presque une œuvre d'art.

— Quoi ?

— Ces bonshommes, là. C'est très vieux : 1900, au moins.

Ça vient de son père. Lui aussi était forain. Il me débite l'inévitable couplet sur les foires d'aujourd'hui qui ne sont plus celles d'hier et achève sur la petite dame qui a un sacré coup d'œil.

Rose vient effectivement de faire une fois de plus place nette. Nous saluons le bonhomme.

— Vous avez vu comment s'appelle la baraque ? dit Rose tandis que nous avançons vers le passage Jouffroy : *La Mariée du mardi gras*.

— C'est du Duchamp ?

Elle rit.

— Non. Mais ça pourrait l'être. Vous ne révisez pas assez.

Je lui explique que j'ai retenu une chambre à l'*Hôtel Mozart*.

— Pour nous ?

Pour qui, au fait ? Rose et moi dans une chambre d'hôtel, ça n'a aucun sens. J'avais simplement envie de retenir une chambre, là. Dans cet hôtel précis. Pas une envie d'usage. Rien qu'une annexion. Rose n'a rien à voir là-dedans.

Je lui demande de m'attendre un moment et je vais de nouveau parler un peu avec la dame de la réception. Je suis content d'apprendre que je peux garder la chambre retenue pendant au moins trois jours.

Je paie d'avance.

— Mais vous ne l'utiliserez pas ? demande Rose tandis que nous regagnons le boulevard.

— Je ne sais pas. Sûrement pas.

Nous nous dirigeons vers la rue Vivienne.

— Voyez-vous, cette enquête voulue par Francis, c'était idiot. Son idée était idiote. Au début, je l'ai faite avec lui, parce que je voulais le contrôler. J'ai continué à la faire, bien après qu'il eut fini par comprendre que vous ne colliez pas dans son projet.

Je veux l'interroger. Une nouvelle fois, elle me fait signe que c'est inutile.

— Que faites-vous cet après-midi ?

— Rien de particulier.

— Tant mieux. Je vous ai fait un cadeau. Une grosse surprise.

Elle hèle un taxi.

— Vous venez avec moi ?

Dix minutes plus tard, le taxi nous dépose boulevard Sébastopol, à l'angle de la rue Rambuteau. Rose n'a pratiquement pas dit un mot pendant le court trajet.

Rue Quincampoix, rue de Venise, nous nous dirigeons vers le Centre Beaubourg. On ne pose pas de question quand on vous promet une surprise. Quand même, juste avant d'arriver sur le plateau, je montre à Rose ces graffitis que j'aime bien et qui sont là depuis des années : *"Venezia surrealista"*, soigneusement gravés dans le mur avec un clou ou une pointe de couteau. Elle sourit. Mais il me semble aussi qu'elle est un peu tendue.

— Très jolis graffitis. C'est aussi un bon endroit pour se quitter.

— Se quitter ?

— Oui. Vous allez entrer dans le Centre, monter au troisième étage, au musée d'Art moderne. Vous vous y promenez.

Ce n'est pas le ton de cette nuit, juste avant l'arrivée de ses petits copains, mais presque.

— Là, vous verrez bien. (Elle rit, pose sa main bien à plat sur ma poitrine.) C'est uniquement ce que je vous demande de faire.

Je n'y comprends rien.

— Nous nous retrouverons peut-être, plus tard. Faites bien attention.

A quoi ? Elle a déjà tourné les talons, rebroussant chemin vers la rue Quincampoix. (Photo. Comme si je collectionnais les clichés de Rose marchant, de dos, imper et large feutre, mais sûrement aussi pour lui montrer, un jour, et lui offrir ce luxe – citation – : “L’orgueil de se regarder s’en allant.”)

Il est 16 h 15. Le parvis est envahi de badauds, de bateleurs, de porteurs de Nikon, de lecteurs du *Paris pas cher* ou du *Michelin.* En fond : soleil frais et ciel brumeux. Devant : le monstre. Gymkhana entre les amas de glandeurs : j’y suis.

La grande salle du rez-de-chaussée est toute comparable au hall d’un aéroport : mêmes allées et venues pressées, mêmes baguenaudes sans but, mêmes consultations des annonces, mêmes manières de tromper l’ennui. Il y a les habitués, les néophytes ; des gueules, des groupes, des paumés, des appariteurs avec walkies-talkies, des touristes à fric et des freaks : le grand bordel beaubourien. Rose a dit : troisième étage.

L’escalator extérieur charrie sa foule sage de visiteurs. Un transit et une attraction : vol au-dessus d’une piazza. N’y aurait-il que ça ? j’adorerais Beaubourg.

Deuxième, troisième étage. L’immensité du parvis est devenue décor lointain, présence virtuelle. Je me dirige vers le musée, comme on m’a dit. Pour y faire quoi ? “Vous verrez bien.” Au fond, cette manière qu’a Rose de semer ses petits cailloux m’énerve un peu (ses minauderies, ses gadgets, ses à-peu-près, ses manies minables dont elle fait sa vie). Tant qu’à être là : guichet.

Question d'état d'esprit. Les Bonnard, les Derain, Braque même : pas aujourd'hui. En réalité, je n'ai jamais été foutu de *visiter* un musée.

Au quatrième niveau, les collections couvrent une période plus récente. A défaut d'un but : quelques rendez-vous possibles. Je vais voir la *Poupée* de Bellmer.

Elle est un peu à l'écart. Il faut un peu la chercher. Je la retrouve derrière sa vitrine. Exactement la même émotion que face à la dame à la jarretelle. Je la photographie comme on examine des taches suspectes sur un drap. Aujourd'hui, et puisqu'elle aussi "a des yeux", je m'attache au visage. Ravagé, perdu, triomphant. Figure de toutes les… De rien.

— Ah ! la voilà ! dit l'homme.

— Ce regard… ! dit la femme.

Débusqué par un simple couple (dans leur candeur, ils me font même un petit sourire de connivence). Que disait Rose, déjà, sur la gêne des visiteurs lorgnant *Etant donnés* ?

Où aller ? Je me décide pour les statues de Max Ernst, sur la terrasse. Elles ne sont pas très visibles, derrière les lames du store. Une fausse bonne idée que de les avoir mises là. On ne voit que Paris, les toits, les grues du chantier des Halles. Assez curieusement, trois draps flottent au balcon d'une des nouvelles résidences de la rue Saint-Martin. Où va-t-on si les rupins du plateau se mettent à faire dans le populaire débridé ?

Que suis-je censé faire ? Attendre ? Les idées farfelues de Rose sont déroutantes, mais la manière dont je marche dans ses combines est plus surprenante encore. Drôle de fille.

Et drôle d'époque. Où on enferme derrière un vitrage deux clodos (deux mannequins de cire, "hyperréalistes", d'accord), écroulés au milieu d'un tas de détritus. La vitre est paraît-il devenue nécessaire. La direction du musée en avait assez des visiteurs qui tripotaient les mannequins. Il n'y a que dans un musée d'art moderne qu'on a envie de tripoter des clodos.

A quelques mètres des deux avachis, un couple. Même école artistique. La femme est adossée au mur, l'homme est penché vers elle. Ils sont nus, proches à se toucher et pourtant : impossible d'imaginer deux êtres plus séparés, plus radicalement étrangers.

Il y a comme ça des petits matins terribles, des fins d'histoire. Il n'y aura jamais d'histoire avec Rose. Juste une observation. Chacun dans son domaine, son territoire.

Je suis là parce qu'on m'a demandé d'y être, sans but, mais naturellement je peux y traîner des heures, pour mon propre plaisir. Je peux rester, heureux, très très longtemps devant la toile immense, longue et bleue de Monory. Une vue monochrome, méticuleuse d'un appartement au modernisme daté (les années soixante ?).

Derrière les vitres d'une baie, un corps allongé, un cadavre sans doute. A gauche, un homme fuit. Presque au milieu de la toile, un miroir. Un vrai, éclaté. Il y a plusieurs impacts de balles.

Ultraviolence au cinq centièmes de seconde. Rien ne s'effondre, tout est gelé (Caspar David Friedrich, à qui Monory a rendu plusieurs hommages, peignait, lui, des banquises, des blocs de glace disjoints et sa tension était telle que, quand il travaillait, il avait parfois l'impression de sentir le sol trembler sous *l'un seul de ses pieds*). Et mon reflet dans le miroir brisé.

17 heures. Pas mon seul reflet.

— Impressionnant, n'est-ce pas ?

— Tout à fait, dis-je sans me retourner (la cassure du miroir de Monory m'empêche de voir correctement son visage, il ne le sait sans doute pas). Et, remarquez bien : d'où nous sommes, avec cette glace, nous faisons partie du tableau.

— Pris dans l'étau.

Face à face, maintenant. Il est de petite taille, vingt-cinq ans environ, visage anodin, fringues idem. Je l'ai vu cette nuit, rue Froidevaux, côté Célibataires. Il parle doucement.

— Rose nous a donné le signal. Nous sommes prêts. Vous aussi, je suppose ?

Moi aussi ? Prêt ?

— Cela commencera dans quelques minutes, dit-il. (Puis, plus bas, plus familier :) Je vous conseille de ne pas trop suivre les mouvements de foule. On ne sait jamais.

Nous marchons côte à côte. Il me tient amicalement par le bras. Il y a dans son comportement, c'est très réussi, un je-ne-sais-quoi d'onctueux qui évoque irrésistiblement le cureton.

— Donc, ne prenez pas le risque de trop vous mêler à nous. C'est inutile et ce n'est pas votre rôle.

Il s'arrête un instant. Grand sourire affable et modeste.

— Naturellement, nous sommes à votre disposition si vous souhaitez nous interviewer. Nous comprenons très bien les exigences de votre travail. Dans la mesure où les circonstances le permettront, nous saurons nous montrer coopératifs. Chacun son travail.

— Bien sûr.

Rien du tout. Je n'y comprends rien. Qu'est-ce que c'est que cette nouvelle galère ? Il risque un petit mouvement de la main. Un peu comme à la messe un prêtre indique discrètement aux fidèles de circonstance qu'il faut maintenant se lever, s'agenouiller ou s'asseoir.

— Inutile de rester ensemble. Suivez-moi à quelque distance. Vous verrez : tout va aller très vite.

Il s'éloigne, dépasse un très bel assemblage de lessive "Brillo" (*ready-made* signé Warhol) et me laisse planté là, décontenancé. Ce Rauschenberg n'est pas mal non plus.

Qu'est-ce qui va aller très vite ?

Tiens ! Il revient sur ses pas. Je commençais juste à sortir mes appareils. Il approuve mes préparatifs, mais ce n'est pas cela qui l'occupe.

— A propos du tableau devant lequel nous étions, tout à l'heure… Je me souviens de quelque chose (voix très basse, mais curieusement animée, excitée). Il n'y a pas que Duchamp, après tout, et un jour j'ai lu un album consacré à Monory. Un très beau livre. En exergue, il y avait une phrase très curieuse qui m'a longtemps trotté dans la tête et qui me revient en mémoire aujourd'hui.

— Ah oui ? Quelle phrase ? dis-je.

Il baisse le nez, comme honteux, le relève un peu et me regarde comme un malin qui prépare son effet (c'est exactement ce qu'il fait).

— *"Je parie dix mille dollars que je me suicide dans dix minutes..."* C'était ça, la phrase.

Il s'en va d'un pas décidé vers son destin, et moi je le photographie. Avant qu'il ne disparaisse derrière les chefs-d'œuvre de l'art contemporain.

A nouveau, la terrasse aux statues de Max Ernst.

Exemple type de l'érudition quand elle devient contamination : je sais désormais que dans la dernière période de sa vie, à New York, avec sa femme Teeny, Duchamp habitait l'ancien appartement de Max Ernst. Et je me demande *illico* ce que cette terrasse peut bien avoir de particulier.

Le petit discours du Célibataire était bien sympathique, mais qu'a-t-il voulu me dire ? Me préciser que, pour lui, il n'y avait pas que Duchamp en ce bas monde ? C'est bien aimable à lui. Mais...

Je veux bien faire tout ce qu'on voudra. Mais il me semble avoir prouvé que je n'étais pas très doué pour les improvisations.

Je passe devant une très belle sculpture de Pevsner.

Et puis il y a un grand craquement dans mes oreilles.

17 h 08. Dans la sono de Beaubourg, plutôt. Comme des parasites qui vous pètent à la gueule, quand on cherche un programme sur le poste radio et que le son est à pleine puissance.

— S'IL VOUS PLAÎT ! (Chuintement, larsen et grattouillages divers…) S'IL VOUS PLAÎT : NOUS VOUS INFORMONS QUE... (Même chose, c'est pénible, les visiteurs se regardent avec de grands yeux ébahis, le haut-parleur transmet, en plus des parasites, des injures diverses, des protestations, tout ce genre de choses ; bref : c'est une occupation de micro.) NOUS INFORMONS LES… (baisse de tonalité)… nous informons les visiteurs que (bruits indescriptibles) ceci est une occupation *(fortissimo),* UNE PRISE D'OTAGES, une… (gueulante étouffée : "Arrêtez de jouer au con, bon Dieu, qu'est-ce qui vous prend", etc.).

Un vieux monsieur très digne, très tweed, lève le nez de son catalogue. Il n'est pas content. Il veut bien s'initier aux audaces de l'art moderne, mais à son rythme. Ce happening sonore lui paraît tout à fait déplacé.

Sono : "Tous les visiteurs sont priés de rejoindre l'entrée. Tous, immédiatement. Nous répétons…" La voix répète, cette fois sans interférence, calme et posée. Une voix d'homme. Ceux qui tiennent le micro sont maîtres de la situation. Autour de moi, c'est la consternation incrédule.

C'est donc ça, leur grand coup.

Je ne regrette pas d'être venu. Une opération de commando à Beaubourg ("Insensé", "Absurde", dit-on autour de moi), c'est rigolo.

— C'est scandaleux !

Sono : "Nous vous demandons de suivre très exactement nos instructions..."

Elles ne viennent pas tout de suite. Quelqu'un : "Ne vous inquiétez pas." Un autre : "C'est une blague." Tout le monde est figé sur place. Ont-ils dit qu'il ne fallait pas bouger ? Ils disent le contraire.

Sono : "Que chaque personne rejoigne la sortie du troisième étage. Nous répétons..."

Début de mise en branle. "Ils ont dit quoi ? Le troisième étage ?" "Qu'est-ce que ça veut dire ?" "Vous y croyez, vous ?"

— Mais vous ne comprenez pas que c'est une farce ? dit, très bonhomme, un monsieur qui a l'air d'un professeur.

"Nous détenons des otages, dit la sono. Leur sécurité dépend de vous."

Des otages ?

Curieux qu'ils fassent dans ce genre-là, les Célibataires (et Rose). Je ne m'attendais pas à ça. (Je ne m'attendais à rien du tout, d'ailleurs.) "Nous détenons des otages", ont-ils dit. Personne n'a envie de rigoler avec ça. Mouvement très net vers l'escalier mécanique. Beaubourg-sur-Mogadiscio ?

17 h 10. Entre la fièvre et le scepticisme. L'escalier mécanique est tout près. Déjà pris d'assaut, engorgé. Piétinements, protestations et questions.

— Vous y croyez, vous ?

Comme ce jeune homme (bouille toute pleine de taches de son, œil bleu stupéfait) s'adresse à moi, je lui donne mon sentiment :

— Une blague ? Je n'ai pas l'impression.

Je lui montre là-bas, adossé au mur, près d'un remarquable Giacometti, un Célibataire qui surveille notre exode. Il porte, avec toute la négligence de rigueur, un PM en bandoulière.

J'aurais préféré le voir avec une bonne vieille kalachnikov. Mais chacun fait selon ses goûts. Sans parler des possibilités du marché.

— Non. Franchement. Ils n'ont pas l'air de rigoler.

Une grosse dame m'écrase le pied et, aussitôt après, plante son coude dans les côtes de la petite nana, devant, qui n'avance pas assez vite. La petite nana dit : "Merde."

— Petite conne ! rétorque aussitôt la grosse.

Je me marre. Le tas me traite de "voyou". La petite conne n'a pas l'air en désaccord. Fondamentalement : je n'aime pas les femmes.

Il y en avait, du monde, dans ce musée ! Malgré la sono qui suggère fermement d'accélérer le mouvement, cela s'éternise. Mais la sono est aussi rassurante. Elle dit qu'il ne sera fait de mal à personne (si les consignes sont suivies), que les visiteurs sont en parfaite sécurité et même (ces gens-là sont de gauche), que le personnel du musée n'a strictement rien à craindre. Il n'y a guère que cet énervement perceptible à la fin de certaines phrases, qui peut donner matière à inquiétude.

— Vous croyez qu'ils vont nous retenir là ?

Regards qui s'interrogent, anxiétés qui s'étalent. Le Célibataire garde-chiourme a disparu. Personne n'en est plus rassuré. La petite foule livrée à elle-même n'a en aucun cas envie de se livrer à des initiatives intempestives. Lesquelles, d'ailleurs ?

Il me semble que j'ai un boulot à faire. Je me dégage donc et prends un peu de recul. Histoire de fixer cette scène. Réactions mitigées. Protestations. Est-ce bien le moment de faire des photographies ?

A tout hasard, j'enfile mon brassard de presse. Il ne sert pas souvent. Il m'apparaît qu'ici il vaut mieux savoir qui est qui. Un Célibataire apparaît. Je le cadre à son tour. Aucune protestation dans la foule.

Celui-là, je ne le connaissais pas. Il ne faisait pas partie de l'équipée de la rue Froidevaux. Il vaut pourtant le déplacement. Outre son gilet rayé, son pantalon à feu de plancher et son P 38 au poing, ce Célibataire a pour caractéristique une superbe tonsure en forme d'étoile à cinq branches au sommet du crâne. Sans être la forme la plus poussée du culte voué à Marcel (dans ce domaine, je m'attends à toujours plus), il faut noter que c'est assez osé.

Très aimablement, le bonhomme se tourne de trois quarts dos, de manière à ce que je puisse le photographier correctement. Je le remercie d'un geste. Tout ceci étant fort civil, je rejoins le gros de la troupe, comme il m'y invite. En restant à sa lisière. Comme m'a conseillé son copain.

De fait, je suis le dernier à m'engager sur l'escalier mécanique qui mène au troisième étage. Le monsieur qui est immédiatement devant moi prend tout ce remue-ménage avec bonne humeur.

— Ils n'ont pas l'air bien méchant.

Il ajoute même, façon juteux de réserve (il a d'ailleurs un âge et une tronche à être ça) :

— Et ils n'ont pas intérêt à l'être. Parce que dans un endroit pareil, ils ne tiendront pas longtemps.

Interview (du vécu, du sur le vif, c'est bon, ça) :

Question : Mais ils disent qu'ils ont des otages ?

Réponse : D'accord. Faut voir si c'est vrai. Qui sait. Faut pas qu'ils jouent avec ça. Une histoire d'otages, ça se termine jamais bien.

Question : A votre avis, qu'est-ce qu'ils veulent ?

Réponse : (pas de réponse).

17 h 19. Troisième étage. Un autre Célibataire (celui-là même qui, cette nuit, se montrait si expert entre les cuisses de la dame qui aimait le Pink Floyd) nous indique le chemin à suivre. Nous rejoignons les visiteurs du troisième étage, déjà regroupés.

Sono : "Les deux étages doivent désormais être dégagés. Nous ne répondons plus de la sécurité des personnes, visiteurs ou membres du personnel, qui..."

Bruit de verre brisé, quelque part, immédiatement suivi d'une sonnerie d'alarme. Remous d'inquiétude, bourdonnement des commentaires, sous la mezzanine (exposition photo de je ne sais qui), devant les guichets d'entrée. Et puis plus rien.

C'est l'évacuation. Les gens sortent. Discrète et de bon ton, c'est quand même une panique. Dans le couloir en cylindre, à l'extérieur, un autre Célibataire surveille l'écoulement vers l'escalier mécanique. Personne ne traîne. Une vraie bousculade, mais convenable. A quelques bavures près, les visiteurs du Centre Pompidou, pris dans la tourmente, savent se tenir.

— Jusqu'ici, tout va plutôt bien, me glisse à l'oreille le Célibataire au crâne tonsuré en étoile.

Je ne l'ai pas vu venir, celui-là.

— Qu'est-ce que tu en penses ?

— Pas mal, dis-je en photographiant un mouflet qui n'y comprend rien et qui me fait de grands sourires. (Sa mère l'entraîne en lui arrachant presque le bras, comme si je risquais d'une seconde à l'autre d'ouvrir mon manteau sur un spectacle traumatisant. J'ai pas de manteau.) Pas mal. C'est maintenant que ça va être difficile.

— Sûr. Mais on va pouvoir jouer un peu.

Il s'en va. Je vois. Il ne reste plus qu'une dizaine de visiteurs aux alentours des guichets. Dont deux appariteurs qui supplieraient bien les Célibataires de leur signer une décharge attestant que, vraiment, ils ne pouvaient rien faire.

C'est vrai : ils ne pouvaient rien faire. Ou pas grand-chose.

Un type de la bande se ramène (il ferait un parfait chef de gare, celui-là). Il a sous le bras la très belle tête en bois de Raoul Hausmann, *L'Esprit de notre temps*. Je me raidis.

En écho, il y a comme des murmures de réprobation dans l'assistance. Vite étouffés. C'est que les Célibataires ne s'en tiennent pas là. Les derniers évacués sont témoins d'un surprenant déménagement : un Picabia, des Picasso, des Braque, un Kandinsky, un Mondrian, des Klee, un Matisse, que sais-je, sont entassés près de l'entrée.

— Par pitié ! Faites attention ! dit un jeune mec (cheveux longs, barbe juvénile, baba cool comme on n'en fait plus). FAITES ATTENTION !

Malgré sa gueule débile, je crois qu'il a raison.

— T'inquiète pas, petit père, dit l'homme au crâne étoilé.

Devenus déménageurs, les Célibataires n'arrêtent pas. Un grand Pollock, un petit Miró. Un Dalí, un Mathieu. (Je crois remarquer que ces derniers sont traités avec assez peu d'égards, faut-il s'en offusquer ?)

— Merde. Faites gaffe !

Tiens. Cette fois, c'est moi qui ai gueulé. Et j'insiste.

— Ne l'abîmez pas.

Faut reconnaître qu'ils font attention. Ce que j'en ai dit, un peu fort, c'était comme par réflexe ; il n'y a pas matière à inquiétude. La *Poupée* de Bellmer, ils se sont mis à trois pour la porter, bien précautionneusement, bien amoureusement. Et ils la posent délicatement sur le comptoir où, en d'autres temps moins troublés, tout à l'heure, d'aimables employées du Centre vendaient des cartes postales.

— Elle est belle, hein ?

— Un vieux fond d'inquiétude doit être encore visible.

— T'inquiète pas, on l'aime autant que toi.

Geste tendre du cureton, qui remet en place une mèche sur le front de la perverse petite sculpture. Photo.

Il sourit et m'invite à faire un nouveau cliché. Cette fois, il tripote les seins pivotants. Où est la sortie, SVP ?

La sono invite fermement les derniers visiteurs à dégager le terrain. Je rejoins les ultimes partants au niveau du coude qui mène à l'escalier mécanique. Pour autant que je puisse en juger, les Célibataires sont désormais maîtres du terrain. Neuf marioles armés jusqu'aux dents, qui détiennent – c'est cela, leurs otages ! – quelques-uns des plus beaux tableaux du monde. D'une valeur inestimable, comme on dit. Et dont certains, pas beaucoup, me tiennent, à moi, vraiment à cœur.

Je ne connais pas le Célibataire qui, en haut de l'escalator, surveille l'écoulement (en même temps que les mouvements de foule sur la piazza). Il a, sur l'épaule, une kalachnikov.

17 h 35. Escalator. Ça gueule très fort dans les haut-parleurs, tandis que nous descendons vers le rez-de-chaussée. Et ça gueule quoi ? C'est à se tordre :

Sono : "Nous sommes le commando Rrose Sélavy"…

Le commando *Rrose Sélavy* ! Ben oui. Certes. Suis-je bête et comment n'y ai-je pas pensé plus tôt ? Comme si cela n'allait pas de soi !

— Qui c'est, *Rrose Sélavy* ? me demande mon voisin, brave homme qui a toutes les excuses du monde : il n'y a pratiquement aucune œuvre de Marcel Duchamp exposée au musée d'Art moderne de Paris.

— Rrose Sélavy ? C'est le pseudonyme de Marcel Duchamp.

Yeux ronds. De qui ?

— Il signait... (Qu'est-ce qu'il signait au fait ?) Il signait des choses... (des choses... c'est la signature de l'artiste qui fait l'œuvre d'art). Avec ce nom-là. Rrose Sélavy.

— C'était un peintre ?

— Euh... entre autres, oui.

Mais que disent ces intéressants jeunes gens ? "Rrose Sélavy s'est emparée de Beaubourg." (Et cela se répercute sur le plateau, sur l'ensemble du quartier, il y a des mouvements confus dans la foule, sur le parvis et, tiens, il n'y a plus qu'un drap sur le balcon de l'immeuble de la rue Saint-Martin.)

Sono : "Nous détenons en otage toutes les œuvres du musée. A la moindre attaque contre nous, plusieurs d'entre elles seront détruites. (Plus fort.) RÉFLÉCHISSEZ BIEN !"

A la moindre agression contre eux : des pertes irréparables.

L'art en otage : faut dire que c'est inédit. Et objectivement marrant. Je dois même, justement, me marrer un peu trop visiblement. Mon voisin d'escalier me jette un sale coup d'œil. Je rectifie la position : quelle horreur, tout ça !

Quelle horreur ! D'ici quelques minutes, si ce n'est déjà fait, le Centre Pompidou sera encerclé, investi, quadrillé par des tas de spécialistes dont la seule mission se résumera en ceci : venir à bout, à moindres frais, de ces brindezingues, là-haut.

De ceux-là qui menacent le patrimoine, ces belles œuvres d'art devant lesquelles défilent les touristes. Ces œuvres qui ont été conçues par des fous, des malades, des marginaux, des pédés, des alcooliques, des révolutionnaires, des asociaux, bref, par des artistes.

J'entends déjà mon Villon préféré :

— Holà, mec ! Tous les asociaux ne sont pas des artistes !

On est au rez-de-chaussée.

17 h 40. Accueil. Le comité *ad hoc* est constitué de flics. Mais il y a aussi, oui, oui, je les vois, deux ou trois infirmiers.

Je me coule dans la masse. Cette masse dont les flics ne savent, soit dit en passant, que faire, il y en a trop, si ce n'est leur demander, obsessionnellement : les "terroristes" (c'est fait, on les appelle déjà comme ça) sont-ils armés ? Et combien sont-ils, et qu'est-ce qu'ils veulent, et qu'est-ce qu'ils ont dit, etc. ?

Je me faufile sans trop de mal. Les malheureux bourres sont submergés par le flot quasi enthousiaste de ceux qui ont tout vu, peuvent tout dire et ont même, sans rire, une idée sur la question. ("Je vous le dis, moi, monsieur le commissaire, il faut leur...") Hilarant, à chier : je passe.

Dans le hall du bas, c'est la grande confusion, mais plus décontractée. Ici, le bruit qui court, c'est que les "terroristes" vont faire sauter le Centre. En conséquence, les gens s'installent un peu partout pour mieux voir. De l'intérieur.

Direction : les cabines téléphoniques. C'est surprenant, mais elles sont inoccupées. Quand j'annonce que je téléphone de Beaubourg, j'ai Marc presque immédiatement à l'autre bout du fil (le standard met d'habitude plusieurs minutes à me passer ce monsieur très occupé).

— De Beaubourg ! J'ai une dépêche sous les yeux. A propos d'une prise d'otages. Tu as vu quelque chose ?

— J'y étais, j'y suis encore. J'ai des tuyaux et des photos. Ça t'intéresse ?

Il en frétille, le bougre. Il en jubile : ça sent le scoop.

Et le scoop, Marc, il connaît. Les consignes partent en rafales. Dans un quart d'heure un coursier viendra chercher les premiers rouleaux de pellicule. Où ça ? Il faut un lieu de rendez-vous.

— T'as pas une idée ?

— Si. A gauche du parvis, quand on regarde le Centre. La reconstitution de l'atelier de Brancusi.

— D'accord, je note.

Il continue. Le coursier sera accompagné d'un journaleux. ("Arturo. Tu le connais, un type bien. Il te donnera un coup de main.") Arturo ?

— Mais c'est d'accord, évidemment : c'est toi qui diriges le reportage, qui le signes, et tout.

Je m'en fous. Je vais remettre en place le combiné. Hurlements :

— Eh ! Pas si vite !

— Quoi encore ?

— N'oublie pas l'heure du bouclage !

Je sors sur la piazza sans le moindre problème. Sans doute sera-t-il difficile de rentrer. Chaque chose en son temps.

Les flics ont commencé à investir les abords immédiats de Beaubourg. Ils peinent comme des bœufs, sans trop de succès, pour écarter un public émerveillé. Tous les visages sont tendus, les bouches en cul de poule, vers le troisième étage. Là où ça se passe.

Mais qu'est-ce qui se passe ?

Afflux de camions gris, d'uniformes, de survêtements, de casques, de messieurs en tenue de ville mais qui n'en pensent pas moins. Et qui vont de groupe en groupe. Qui font les importants. Tant qu'à faire, causons.

Il est chef de groupe. Ses hommes viennent de recevoir l'ordre de mettre les gilets pare-balles. Ils s'exécutent.

Interview.

Question : Qu'est-ce que vous allez faire ?

Réponse : Le dispositif se met en place. On attend les ordres. Voyez les chefs (geste flou, vers le hall).

Question : Mais vous, qu'est-ce que vous pensez de tout ça ?

Réponse : Des gars là-haut ? (Soupçon : pour poser une question pareille, il faut que je sois complice.) De sales petits cons. Ils ne tiendront pas une heure. Sauf si (soupir) on les ménage (soupir encore). Mais ça, c'est de la politique. Comme d'habitude.

Question : Justement. C'est la première prise d'otages depuis...

Réponse (ou interruption) : Voyez les chefs, je vous dis. Moi, je sais que si on *veut*, on peut les avoir, comme des lapins (il s'arrête un instant, et il se dessine quelque chose qui ressemble à un sourire, entre visière et jugulaire)... ou plutôt : comme des rats dans le fromage. Voilà ! Ce musée, c'est un vrai gruyère, tout plein de trous (il est fier de son image. Il surveille mes notes. D'accord : un gruyère, des rats). On leur tombera dessus quand on voudra. Peuvent pas surveiller tous les recoins. Pas vrai ?

Question : Et si, entre-temps, ils bousillent la moitié du musée ? Ils menacent de...

Réponse : Ah ben !...

Question : Vous avez déjà visité Beaubourg ?

Réponse : ... Moi, euh, non, jamais. Pas le temps. Vous savez ce que c'est. Mais mon fils il y a été. Mon cadet, il aime tous ces trucs-là (rêverie douloureuse sur le martial faciès : il se reprend). Mais moi, je vous dis : comme des rats ; si on veut.

Cut : Merci, mon général.

Mais il n'empêche que là-haut, ils vous emmerdent. Ils le savent bien qu'ils sont dans le gruyère.

Mais si on les approche, si on les menace, quelques œuvres inestimables vont passer à la casserole. La flicaille est sommée d'être protectrice des Arts.

18 heures. Ambiance. L'événement a coupé la chique aux cracheurs de feu. Les bateleurs ont les bras ballants. Les touristes sont contents. Les magasins baissent les rideaux de fer. Les flics demandent à tout un chacun de circuler parce que, blague à part, il n'y a rien à voir.

Je me dirige vers la rue Rambuteau, vers le petit bâtiment où est reconstitué l'atelier du sculpteur Brancusi, tel qu'il était impasse Ronsin.

18 h 03. Il se passe toujours quelque chose à Beaubourg. Partant du troisième étage, une longue banderole rouge vif se déploie. Au même instant, l'immense carré de tissu jaune vif qui annonce l'exposition prochaine, *Paris-Paris* (logo de tours Eiffel, tête-bêche), tombe dans un beau frémissement, puis virevolte, grande et belle feuille morte, flotte en l'air, oscille vers Saint-Merri, et s'étale, grosse flaque, devant un car de flics.

Applaudissements de-ci, de-là.

Lettres blanches sur fond rouge : la nouvelle banderole est un peu difficile à lire. Mains en visière, fronçant le nez, chacun s'y essaie. En haut, en gros :

"LA VIE ET OSE."

Puis, en colonne : "ON SUPPOSE – ON OPPOSE – ON IMPOSE – ON APPOSE – ON DÉPOSE – ON REPOSE – ON INDISPOSE – ON REPOSE." Et en bas, bien détaché, en guise de signature : "RROSE SÉLAVY."

Font bien les choses.

18 h 10. Les envoyés de Marc sont exacts au rendez-vous. Je donne mes pellicules au coursier qui repart dare-dare, chevauchant ses mille centimètres cubes de chez Honda.

Je connais Arturo. On a déjà fait deux ou trois coups ensemble. C'est un tout terrain démerdard, sérieux, qui écrit comme un cochon et adore travailler en tandem.

Je lui fais un rapide topo : ce qui se passe n'est pas difficile à comprendre.

— Jusqu'ici, c'est bien joué, approuve-t-il en connaisseur. Tu les connais, ces types ?

— Un peu.

— Qu'est-ce qu'ils cherchent ?

— Planter le plus vaste bordel possible, j'ai l'impression.

— Les flics ?

Les flics ? Précisément, ils s'agitent. Un peu partout, des petits détachements de racaille en grande tenue. Veste matelassée, gilets pare-balles, casques à bulle, bricoles méchantes à la ceinture. Ils rayonnent dans tous les sens, ordres et contrordres.

Au milieu de tout ça, en plein centre du parvis, un groupe d'une dizaine de loqueteux qui prennent le vent, de la fumée plein la tête. Personne ne songe à les évacuer.

— On fait comment ?

Je lui propose un rendez-vous fixe toutes les demi-heures, ici. Il dit : OK ! et s'apprête à partir en chasse.

— Attends.

Je peux quand même pas le laisser partir idiot.

— Je vais te raconter une anecdote (je lui montre l'atelier) pour que tu comprennes bien la couleur locale. Ça, c'est la reconstitution de l'atelier de Brancusi, impasse Ronsin. Tu connais ?

Il a entendu causer.

— Brancusi avait un copain qui s'appelait Duchamp. Ils ont habité un temps des ateliers situés côte à côte.

Je pourrais lui dire que c'était en 1926-1927, et que dans l'impasse (une cité d'artistes), Brancusi habitait au numéro 8 et Marcel au numéro 11. Je pourrais lui dire, mais ça ferait cuistre.

Pour Arturo, dans un reportage, aucun détail n'est absurde *a priori*. Tous les commencements de piste sont à suivre.

— Et puis ?

— Duchamp a déménagé. Brancusi, qui était à l'étroit, a annexé une partie de l'atelier de son copain (je lui montre l'entrée du petit bâtiment) : c'est la pièce dans laquelle on est, dès qu'on franchit cette porte.

— Et alors ?

— Ben… faudrait peut-être pas la perdre trop de vue.

Il n'y comprend rien, mais il fait "oui" de la tête. Après tout, je suis depuis plus longtemps que lui sur l'affaire et il lui semble que je suis à jeun.

— Rrose Sélavy… Duchamp ? Bon.

Cet ex-Indien-métropolitain milanais reconverti dans le journalisme parisien branché en a vu d'autres, évidemment. Il dit que tout *va bene* et que *avanti popolo.*

18 h 15. C'est fait. Le dispositif de bouclage est à peu près au point. Le parvis (adieu les freaks) est dégagé. La foule est désormais contenue rue Saint-Martin, et surtout square Aubry-le-Boucher et rue Saint-Merri. La télé est là, les caméras à l'ombre des cars de CRS et de gardes mobiles. J'ai soif.

Je ne distingue rien de ce qui se passe à l'intérieur, au troisième étage. Mystère complet. Mais à l'extrémité de toutes les galeries extérieures, de petits groupes s'installent. Il y en a aussi sur quelques toits des maisons environnantes. Ce qui commence à faire beaucoup de monde contre les neuf plaisantins. Et je parie ma selle et mes bottes que d'ici cinq minutes, il y aura un hélicoptère qui viendra faire sa ronde.

18 h 22. Où donc est passée Rose ?

18 h 43. L'hélicoptère, vieux compagnon de manif, est là. D'autre part, le monde est résolument petit et tout s'y tient. Adossé à une des grosses bouches d'aération du haut de la piazza, Villon grille une cigarette, plongé dans une méditation morose. Je la trouble. Il n'a pas l'air trop content de me voir.

— Qu'est-ce que vous foutez là, vous ?

— Moi ? (Pimpant et dégagé :) Je gagne ma vie.

Dans cette optique, d'ailleurs, je lui demande son opinion sur les événements du jour. Mais il n'est pas d'humeur à rire, Villon. Il mobilise même visiblement une quantité énorme d'énergie et de savoir-vivre pour ne pas m'envoyer aux pelotes. Qu'est-ce qui lui arrive ?

— Vous ? Qu'est-ce que vous en pensez ?

— Je ne vois pas comment vous allez les déloger sans dégâts.

Lui, sec :

— S'ils ne se rendent pas sans conditions, il y aura des dégâts.

— Et… les otages ? risqué-je.

Pas de haussement d'épaules, pas de mine blasée. La réaction de Villon, c'est de la colère en béton coulé. Froide, grise, rugueuse.

— Je vais vous dire (débit rapide). Ces petits malins sont des petits cons. Ils vont commettre une erreur. Ils en commettent toujours une, à un moment ou à un autre.

— Et alors ?

— Alors on les allumera (et lui maintenant, s'il pouvait m'allumer, comme il dit, il ne s'en priverait pas). Et j'espère pour eux qu'avant leur erreur, ils n'auront pas eu le temps de trop nous chauffer les oreilles.

Vacarme de l'hélicoptère qui passe au ras du toit du Centre. La foule fait "oh" et "ah", comme au feu d'artifice. Villon martèle :

— Connerie pour connerie, les flics ont aussi leur tradition. Plus efficace. Et vu les heures de service, ils n'ont pas l'habitude d'aller dans les musées.

Le regard se dérobe à nouveau. Je n'avais pas remarqué, avant, cette vilaine ride aux commissures des lèvres, ni ce tassement un peu mou, dans le bas du visage. Il y a beaucoup de renoncement aigre dans la gueule de ce flic frimeur. Malgré sa veste de bonne coupe, sa chemise qui vient tout droit d'un stock US, ses mains fines et sa montre Cartier, Villon est en cet instant précis à l'image de ce qu'il est : un mec capable de vous faire vivre l'enfer pendant une garde à vue.

Véhément, maintenant :

— Mais qu'est-ce qu'ils veulent ? (Il fait mine de compter sur ses doigts.) Ils lisent les journaux, je suppose. La libération des prisonniers politiques ? C'est acquis. La rupture des relations avec le Chili, l'Afrique du Sud, etc. ? C'est pratiquement fait. On n'emmerde plus les immigrés. Le SMIC va être augmenté, le service militaire va passer à six mois et la Ligue communiste va avoir des tribunes à la télé ! Qu'est-ce qu'ils veulent de plus, là, tout de suite ?

Rose disait : "Je ne comprends rien à la politique."

Je ne crois pas qu'il y ait beaucoup de politique dans la tête des Célibataires. Qu'est-ce qu'il y a dans leur tête ? Du gaz d'éclairage ? Je remercie Villon pour son exposé.

Il ne me prend pas au col et c'est un miracle. Mais je ne vais pas m'en tirer comme ça.

— Deux ou trois trucs encore, Blainville (retour au béton froid). Autant que vous le sachiez : les toubibs ont sué sang et eau, mais c'est définitivement acquis. La môme Yvonne et le père Francis se sont suicidés (crispation dure des maxillaires, c'est pas une pose, il pète littéralement de rage). Pas de crime, donc : pas d'enquête criminelle. Affaire classée. Jusqu'à élément nouveau.

Comme s'il n'était pas au-dessus de son nez, l'élément nouveau ! Puisqu'il est con, persiflons :

— Il n'y a pas de solution, parce qu'il n'y a pas de problème. C'est ça qui vous rend malade, hein, flic ? Personne à envoyer aux assiettes, c'est dur !

— Exactement. Et ce ne sont pas les artistes là-haut qui me feront changer d'avis. Ni des branleurs comme vous.

Et comme il n'est rien qu'un flic, il nous coincera un jour.

— Parce que s'il n'a peut-être pas été assassiné, Francis, on a dû sacrément le pousser sous la corde !

Quoi ?

Ce flic-là lit *Libé*. Il sort de sa poche, plié, à la page des petites annonces de cul. Est-ce bien le moment ?

— Lisez ça.

Un gros rond rouge, au crayon, dans un coin de la page. Je lis : “Mec de 22 ans, yeux clairs, brun, 1,85 m et 72 kg, d’allure masculine et pas mal foutu, aimant faire l’amour avec beaucoup de fantasmes, attend les propositions de mec vraiment viril”, etc.

Je regarde Villon.

— Pas celle-là, crétin. Lisez en dessous !

Titre : “Incesticide.” Texte : “Adieu Rose, c’est la vie, je suis mat. Tu es la seule Mariée. Moi : rien qu’un pendu femelle passé à la Broyeuse.” Signature : “Francis.”

Condensé, indigeste et approximatif.

— C’est paru aujourd’hui. L’auteur a envoyé pas mal d’argent au journal pour garantir la date de parution.

Je ne sais pas si les Célibataires lisent les journaux. Je ne sais pas si Rose lit les petites annonces. Et puis, qu’est-ce que ça veut dire, ce titre : “Incesticide” ?

18 h 52. C’est une jolie nuée multicolore. Lancés du troisième étage, des centaines, des milliers de petits papiers s’envolent, emportés au gré du faible vent. “Oh” et “ah” dans la foule, encore.

Je dis que c’est joli. Villon semble être d’un autre avis. Ses copains flics s’agitent. Pas loin, un chef interrompt *in extremis* le geste d’un de ses hommes qui s’apprêtait déjà à balancer une grenade avec son lance-patate.

Très réussi. Il y en a partout et tout le monde se précipite pour ramasser. Villon et moi faisons comme tout le monde. Ce sont des petits bouts de papier coupés en rectangle, genre carte de visite. Sur le mien (jaune), il y a écrit : “A CHARGE DE REVANCHE ; A VERGE DE RECHANGE.” C’est en lettres capitales et c’est signé, devinez : “RROSE SÉLAVY.”

Sur celui de Villon (rouge), c’est : “A COUPS TROP TIRÉS.” Même signature. J’en ramasse d’autres, bleus, verts, mauves.

“QUESTION D’HYGIÈNE INTIME : FAUT-IL METTRE LA MOELLE DE L’ÉPÉE DANS LE POIL DE L’AIMÉE ?” Et encore : “DES BAS EN SOIE... LA CHOSE AUSSI.” Et enfin : “INCENDIE OU PASSION DE FAMILLE.” Suivi de : “UN INCESTICIDE DOIT COUCHER AVEC SA PARENTE AVANT DE LA TUER : LES PUNAISES SONT DE RIGUEUR.” Même auteur que précédemment.

Les maxillaires de Villon n’en peuvent plus. Moi, ce seraient plutôt les zygomatiques qui commenceraient à faiblir.

— Rrose Sélavy, hein ? grommelle le flic.

19 h 04. “... il ne vous sera fait aucun mal. Rendez-vous.”

Ça y est. Les flics jouent à leur tour de la sono. Chanson connue, intox banale : tout est cerné, vous n’avez pas une chance, soyez raisonnables, etc. Rien ne se joue là.

Là-haut, au téléobjectif, je vois très nettement un Célibataire qui se fend la gueule, planqué derrière un joli petit Delaunay.

Il est temps de retourner voir Arturo.

19 h 08. Il est là. Il prend des notes en m'attendant. Rapport.

— J'ai voulu entrer dans le Centre, mais c'est complètement bloqué. On passe pas. Les flics deviennent nerveux.

Il est à nouveau sur l'affaire, Arturo, mais il est déjà gagné par l'épuisement caractéristique.

— Tu as vu leurs tracts ?

— Oui. Je ne sais pas si les larges masses y comprendront quelque chose. Mais c'est drôle.

— Quelle que soit l'issue, j'aurai amélioré ma culture générale, dit Arturo.

19 h 30. Sono contre sono, celle des Célibataires l'emporte, quelques instants.

"DADA SE CHARGE DE LA POLICE A PÉDALES ET DE LA MORALE EN SOURDINE – DADA NE PARLE PAS – DADA N'A PAS D'IDÉE FIXE – DADA N'ATTIRE PAS LES MOUCHES – DADA EXISTE DEPUIS TOUJOURS – LA SAINTE VIERGE FUT DADAÏSTE – DADA EST CONTRE LA VIE CHÈRE."

La litanie s'égrène, c'est monocorde et un peu ennuyeux. De temps à autre, parce qu'il vient d'en saisir une bien bonne, quelqu'un se met à rire. On ne sait trop si quelque chose va changer en France, mais les occupations avec prises d'otages ne sont plus ce qu'elles étaient.

"DADA DOUTE DE TOUT, DADA EST TATOU", et ça se répercute aux quatre coins du plateau. D'ailleurs : "NUL N'EST CENSÉ IGNORER DADA – DA – DA !"

Des touristes s'épuisent en demandes de traduction auprès de leurs voisins de foule. Allez donc traduire : "DADA, C'EST LE BONHEUR A LA COQUE" en japonais !

L'idée a l'air de s'installer que tout cela n'est ni sérieux ni méchant. Même chez les bourriques, il y a du flottement. Tel ce gradé qui se tient les côtes. "DADA A LE CUL EN PORCELAINE ET L'ASPECT FRANÇAIS." Jusqu'à présent, il avait résisté, mais là il craque, c'est trop drôle. Photo.

19 h 37. Les sonos se sont tues et l'humour perd du terrain. Les escaliers façon *West Side Story* qui grimpent le long de la façade sont de plus en plus engrappés de tas de civils, sportifs, armés jusqu'aux dents. Les prises d'otages, ceux-là, c'est leur spécialité. Et peut-être leur plaisir.

19 h 38. Interview.

Il a le genre petit employé, costard d'il y a dix ans et attaché-case. Il est là parce que Beaubourg est sur son chemin, en rentrant du travail. Il est indigné.

— Faire ça ! Devant tous ces touristes, ces étrangers qui nous regardent : quelle honte !

19 h 45. Rusant contre la police, la foule a de nouveau envahi le haut de la piazza, côté rue Saint-Merri. Rose est là. Accoudée à la balustrade, au milieu de son public, elle me regarde sans doute déambuler depuis un bon moment. Je la rejoins en jouant des coudes.

— Ça vous plaît ?

— Amusant. Mais ça risque de mal se terminer. Quelle est la suite du programme ?

— Quelques attractions encore. Après, je ne sais pas. Ils feront ce qu'ils voudront.

Nous nous extirpons tant bien que mal de ce bon peuple aux anges.

— Vous voulez dire qu'il n'y a pas de plan précis ?

Elle éclate de rire.

— Au-delà d'une certaine limite : aucun.

Voleuse de confitures, pas émouvante du tout :

— Je lance la machine, je donne quelques indications, dit Rose. A eux de se débrouiller, après.

Soit. Chacun ici est adulte. Ce ne sont pas mes oignons. Mais quand même…

— Vous pensez qu'ils en sont capables ?

— C'est ce qu'il faudra démontrer.

— Et c'était ça, le gros coup qui faisait tant flipper Francis ?

Je commence à bien comprendre sa douleur, à ce cher vieux camarade.

— Non. Pas exactement, justement. Il pensait à une opération sur Beaubourg, l'idée est de lui, mais avec un objectif précis : se faire du fric, ou obtenir un truc spectaculaire du gouvernement. C'était la droite, à l'époque.

Elle veut bien m'expliquer, mais je n'ai pas d'illusions à entretenir :

— Un commando politique sur Beaubourg : rien que d'y penser, ça nous faisait tous bâiller. Tandis que ça, c'est inutile, gratuit. C'est amusant.

— Pourquoi Francis voulait-il me joindre ?

— D'abord, il pensait vous demander de l'aider à jouer les commissaires politiques. Il savait que vous ne militiez plus, mais il pensait que vous étiez resté un peu fiable, disponible pour des coups. Après tout, dans le temps, vous aviez un peu la même spécialité.

Pas exactement. Mais qu'importent les subtilités ?

— Et il a voulu faire appel à moi pour ça ? Uniquement ?

C'est fastidieux, je ne comprends pas vite, mais enfin, d'accord, puisque j'ai l'air d'y tenir, elle va me mettre les points sur les *i*.

— Non. C'était aussi pour me contrecarrer. Parce qu'il avait perdu tout pouvoir sur ce qu'on faisait.

Plus précise encore :

— Et parce qu'il estimait que j'étais devenue complètement folle et que, tout bilan fait, il n'y avait que vous qu'il pouvait appeler à son secours.

A quoi bon lui objecter que je n'ai croisé Francis qu'une fois en trois ans, peut-être quatre ? Et que nous n'avions pas grand-chose à nous dire ? Et que nous n'avons jamais été ce qu'on appelle amis ? Tout juste copains. De loin.

— Bref : il voulait trahir ?

— Non. Il voulait vous demander s'il pouvait trahir.

— Et c'est pour cela que vous lui avez collé aux fesses pendant les vérifications d'usage qu'il a voulu faire sur mon compte ?

— Exact. Jusqu'au bout, il n'a pas su à quoi s'en tenir sur vous. Mais moi, j'ai compris que vous étiez intéressant.

— Comment ça ?

— Votre fonctionnement, votre manière de faire les choses. Ça pouvait s'intégrer dans…

Je l'interromps. On verra une autre fois : les délires sur *Le Grand Verre*, Duchamp et les Célibataires amateurs de chocolat, etc. Elle sourit gentiment. Moi aussi, je l'amuse.

— Francis n'est pas venu au rendez-vous qu'il m'avait fixé. Vous l'en avez empêché ?

— Empêché, non. Dissuadé : oui. Ce n'était pas prudent. N'oubliez pas que nous avions deux grosses affaires à l'ordre du jour.

— La rue Froidevaux et…

— Exactement.

Beaubourg. Nous marchons rue Quincampoix, à deux cents mètres à peine de ses copains qui font les guignols là-haut. J'imagine très bien ce que voulait me confier Francis. Et s'il a tant hésité à prendre contact, c'est aussi qu'il ne devait pas être fier.

— Vous avez vu le journal, ce matin ? Les petites annonces ?

— Oui. Je les lis toujours.

Elle sort un bout de papier déchiré de sa poche. La même page que Villon.

— C'est émouvant, pataud, et très confus. Tout à fait Francis.

Je pense la même chose, mais je m'abstiens de le dire. Cette fille devrait se faire une spécialité des oraisons funèbres.

— "Incesticide", ça veut dire quoi ?

— Très pataud, je vous dis (ironique, cassante, irritée). Ça veut dire qu'il m'aimait, que j'étais sa sœur et que ce n'était pas bien.

— Vous étiez amants ?

Son rire, cette fois, est l'exact équivalent des rides de Villon, des affaissements moches dans les zones molles du visage.

— Certainement pas. Je ne l'aimais pas. Pas pour des raisons de morale, de principes… je m'en fous. Je ne l'aimais pas parce qu'il m'ennuyait. Parce que je n'ai rien à faire d'un pédé honteux qui passe sa vie à se battre les flancs en pleurant sur sa belle jeunesse.

On ne peut pas être plus clair. Nous reprenons le chemin de la rue de Venise.

— Et eux ?

Je montre le troisième étage. Une autre immense banderole est tendue sur la façade : "ÉROS C'EST LA VIE – RROSE SÉLAVY." La vie, tu parles !

— Et eux ?

Encore quelques indications à leur donner, et ce sera à leur tour d'avoir de l'imagination. Chacun sa partie, chacun son domaine. Eux, ils ont à me séduire. Et...

Elle me retient, me secoue par la manche : "N'oubliez pas qu'ils sont entièrement d'accord."

Passons sur l'envie de lui envoyer une paire de claques. Ça ferait sans doute du bien, sans être trop opérant. J'essaie donc d'expliquer à Rose que d'ici quelques minutes, une heure ou deux au maximum, plus personne ne songera à la rigolade. Les frappés de la gâchette qui sont embusqués là, et puis là, et puis là encore, vont défendre le patrimoine culturel, à leur façon. Ils ont un salaire à justifier. Et sûrement pas mal de rancœurs politiques à faire passer. Alors...

— Bah ! Ils réfléchiront à deux fois avant de lancer l'assaut, croyez-moi.

Vrai. Mais, de leur point de vue, cela fait un bon moment qu'ils réfléchissent, et c'est un exercice qu'ils sont incapables de faire durer.

— Tenez, regardez.

Du doigt, Rose me montre ce qui se passe maintenant au troisième étage. Deux Célibataires empilent le plus tranquillement du monde des tableaux, des sculptures. Pas moyen d'identifier les œuvres. La pyramide ainsi constituée ne rappelle pas que de bons souvenirs. Afin que nul ne s'y trompe, un des types, je crois que c'est le curé, agite quelque chose au-dessus de sa tête. Combien de paires de jumelles, de téléobjectifs braqués sur lui ? C'est un jerrican.

De l'essence, sans doute. Ou n'importe quelle saloperie capable de foutre instantanément le feu à l'échafaudage.

J'ai peut-être mieux à faire que de discuter avec Rose.

Elle me retient une nouvelle fois :

— Prenez toujours ça, dit-elle après avoir fouillé dans sa poche. Des fois que vous ne les auriez pas ramassés :

Petits bouts de papier. "LES TOILES C'EST LAID, L'ÉTOILE AUSSI : RROSE SÉLAVY"... "ET QUI LIBRE ?"

— "Et Qui Libre ?"... C'est très beau.

— Vous pourrez toujours mettre ça en titre de votre article, si vous en écrivez un. Il y a aussi celui-là.

Elle me tend un autre papier : "PRIÈRE DE TOUCHER."

Elle me prend les mains, me force à les lui poser sur la poitrine. "Touchez-moi." Je me dégage, furieux, troublé, et pars vers l'atelier Brancusi.

20 h 30. Arturo est nerveux. Il vient de téléphoner à Marc qui, c'est normal, s'affole. Tout va bien de ce côté-là. J'apprends que j'ai deux feuillets en "une", réservés. Cinq feuillets en pages intérieures et, si elles sont bonnes, autant de photos que je veux.

Arturo, fraternellement envieux :

— C'est la première fois que ça arrive, un truc pareil à Beaubourg. Faut bien bousculer un peu le sommaire...

Au *Soir* aussi, journal de gauche, gauchiste, pas comme les autres, on sait apprécier l'information saignante, palpitante, qui fait baver le cochon de lecteur. Et Marc sait récompenser ceux qui dissèquent avec talent la chair vive de l'actualité.

— Tu sais, Arturo, ce papier, on le réussira ou on le ratera ensemble.

Moi, je suis pas reporter. Juste un photographe. Un enregistreur, comme dirait Villon. Un Témoin oculiste, comme dirait Rose.

— Ecoute ça, dit Arturo.

Qu'est-ce que c'est que ce bruit-là, qui envahit le plateau ? De la ferraille qu'on traîne, des chaînes qui grincent, des rouages qui s'enclenchent, mais comme si le micro était placé au plus près du frottement ou du choc, et avec, en plus, une impression sonore de va-et-vient, de ressac, lancinante, obsédante.

— Qu'est-ce qu'ils trafiquent encore ?

"VIE LENTE – CERCLE VICIEUX – ONANISME", scande la sono célibataire.

— Voilà autre chose, dit Arturo.

Entre chaque bribe parlée (très fort, très douloureuse), le même fracas métallique. "HORIZONTAL – BUTOIR DE VIE – REBONDISSEMENT – CAMELOTE DE VIE – CONSTRUCTION A BON MARCHÉ."

— Mais qu'est-ce que ça veut dire ?

— C'est la *Litanie du chariot*, dit la voix du flic le plus collant de France.

Derrière nous, Villon feuillette un bouquin, marqué de nombreux signets. "*Duchamp du signe*, écrits de Duchamp, nouvelle édition, revue et augmentée."

Moins rare que mon *Marchand de sel*, mais peut-être plus complet. On n'est pas là pour jouer les bibliophiles.

— C'est la *Litanie du chariot*, explique Villon, c'est page 82 du livre.

Le chariot est un élément constituant du *Grand Verre*. Il est situé dans la partie inférieure gauche, dans le domaine célibataire, en dessous des neuf "moules malics".

— Ce chariot subit un mouvement saccadé, dû à l'action de la chute d'eau, explique Villon. Il est très passif, mais aussi (selon Duchamp) dénué de pesanteur.

— Je n'y comprends rien, dit Arturo.

— Personne n'y comprend rien, dit Villon. Personne ne sait exactement ce que Duchamp a voulu dire. Mais tout le monde y va de sa petite interprétation.

Il montre le troisième étage, là-haut, d'où vient le bruit.

"EXCENTRIQUES – VOLANT MONOTONE."

— Eux aussi, j'ai l'impression, ils interprètent à leur façon.

— Ce n'est pas si mal que ça, dit Arturo.

Villon tapote son bouquin du plat de la main.

— J'espère simplement qu'ils ne vont pas nous infliger les œuvres complètes !

— Vous ne leur en laisserez pas le temps !

Retour au Villon sympa, décontracté.

— Ne dites pas de conneries. Je ne suis même pas en service, ce soir. Je n'ai rien à voir dans la conduite des opérations.

Arturo semble penser que j'ai de bizarres relations. Il a raison.

— C'est pas tout ça, Victor. Tu as un papier à faire.

— Exact. Je vais m'y mettre.

Villon :

— Au fait, la fille avec qui vous étiez tout à l'heure, c'était qui ?

S'il ne nous avait pas vus, ç'aurait été un miracle. On s'est assez montrés.

— Son signalement est assez proche de celui de la fille de la librairie, vous ne trouvez pas ?

— Ça urge, dit Arturo, dévoué. Doivent commencer à faire des bonds, là-bas, au journal.

— On en parlera, dit Villon.

20 h 45. Arturo relit mon papier.

"Comme il fréquente les musées et qu'il a le respect de la culture, le flic Villon ne supporte pas qu'on prenne en otage les chefs-d'œuvre du Centre Beaubourg. Surtout au lendemain d'une victoire électorale des forces progressistes."

— Pas mal. Qu'est-ce qu'il t'a fait, ce mec ?

— C'est un flic.

"Cerné par les figuratifs en uniforme, l'esprit dada frappe à Beaubourg. Le réalisme policier parviendra-t-il à ne pas transformer en tragédie ce qui n'est, jusqu'à présent, qu'une grosse farce ?"

— Parfait, dit Arturo. Je vais téléphoner ça tout de suite.

Un instant encore. Je lui montre une silhouette, dans la foule, pas si loin de nous, à tout prendre.

— Qui c'est ?

— Rrose Sélavy.

Il me regarde comme si j'étais fou, et court téléphoner l'article.

20 h 50. Cela pourrait être agréable. La latence ambiguë de l'heure du loup ; ni jour ni nuit et pile ou face. La foule est toujours là, plus nombreuse, rameutée par les bulletins d'information de fin d'après-midi.

Les flics font dans la superproduction. Ils ont choisi de balayer la façade du bâtiment avec leurs projecteurs. Il y a quelques secondes, le faisceau lumineux s'est longuement attardé sur un empilement de tableaux et de sculptures. Dans la foule, il y a eu des rumeurs, des protestations.

Temps vacant pour un rapport de forces clair. D'un côté, des rigolos – je dois être le seul ici à pouvoir affirmer qu'ils ne sont que neuf et qu'ils n'ont pas la moindre idée sur la suite des événements ; de l'autre : l'ordre.

Arturo revient. Article transmis, Marc content. Les délais sont respectés. On pourra toujours rajouter un petit article en “une” ou en “der”, s'il se passe quelque chose de vraiment important.

— Et les photos sont, paraît-il, excellentes, ajoute Arturo. Celles du déclenchement des opérations.

Je le remercie pour ce détail.

— La nuit va être longue, dit-il. Tiens.

Il a des sandwichs plein sa sacoche. Et une bouteille de brouilly. Nous nous installons pour manger un morceau, dans notre petit recoin, clodos du journalisme et de pas mal d'autres choses.

— De toute façon, dit le collègue la bouche pleine, ça se réglera cette nuit.

— Sûr ! Le jour républicain et démocratique ne peut pas se lever sur le délire dadaïste.

Qu'est-ce qu'ils en ont à foutre, les Célibataires, du dadaïsme ! "Cercle vicieux – Onanisme" : voilà ce que dit le chariot poussant sa litanie.

— Tu veux que je te lise le communiqué du ministère de l'Intérieur ? demande Arturo (bouche essuyée d'un revers de main).

— Vas-y toujours.

C'est vrai. Qu'est-ce qu'on en pense, de cette histoire, ailleurs ? Ils voient ça comment, les nouveaux princes ?

— En gros : "Les jeunes gens qui occupent actuellement… etc., etc., commettent une grave erreur. Ils menacent une partie de notre patrimoine culturel… etc., etc. Rien ne sera négligé pour les ramener à la raison, mais… etc., etc. Ils doivent comprendre qu'il est insupportable que… etc., etc."

J'ai à peine avalé une gorgée de brouilly que la sono des flics prend le relais, plein pot :

"AUSSI, C'EST AVEC LA PLUS GRANDE FERMETÉ QUE NOUS DEMANDONS…"

Mauvais réglage. Baisse d'un ton :

"... que nous demandons à ceux qui occupent actuellement le Centre Beaubourg de renoncer à leur entreprise. Nous leur demandons avec calme. Mais qu'ils sachent que nous sommes prêts à mettre en œuvre tous les moyens pour que..."

— Bref, dit Arturo, ça va cogner.

"Nous leur accordons une heure de réflexion. Au-delà, nous ne..."

— Toujours ça de pris, dit Arturo. Remarque, là-haut, ils s'en foutent.

21 h 02. Ils s'en foutent, là-haut. C'est possible. Disons qu'ils ont leur petite logique à eux. Ainsi, sans répondre le moins du monde à l'ultimatum des flics, ils sonorisent une nouvelle fois le plateau.

Après mûre réflexion, et contrairement à toute attente, ils ont des revendications. Des vraies. Ils veulent que l'escalator extérieur du musée, le machin en boyau de plexiglas qui serpente le long de la façade, ils veulent que ce truc soit converti en cascade. Ce sera plus joli. Ils veulent aussi que tous les urinoirs de Beaubourg (et de tous les musées nationaux) soient détruits et remplacés par le modèle Marcel Duchamp 1917, signé R. Mutt. Ils veulent que des moustaches et une barbiche soient dessinées définitivement et une bonne fois pour toutes sur le visage de la Joconde, au Louvre. Ils veulent...

21 h 07. Rose arrive, se joint à nous et lape la dernière larmiche de brouilly.

— Venez, dit-elle.

— Où ça ?

— Là.

Elle m'entraîne, tout cela se fait très vite, vers l'atelier de Brancusi, ouvre la porte (elle a les clés), entre, referme. Très fort. Il fait presque complètement noir et on n'y voit pas grand-chose, mais je suppose que pour Rose, il est plaisant d'être là. Quant à moi, je l'ai déjà visité, calmement, de jour, sans pratiquer la moindre effraction.

— Les flics vont attaquer ?

— Je suppose, oui. Vous avez entendu leur communiqué ?

Je devine vaguement sa silhouette. Elle est assise sur une sculpture.

— Je leur ai donné l'ordre de ne pas se rendre.

— Parce que vous communiquez avec eux ?

— Evidemment.

Evidemment. Et, plus précisément : que me veut-elle ?

— Qu'est-ce que vous faites de cette histoire, vous ?

— Ce que vous m'avez dit. J'essaie de voir, de voir bien. Je regarde de tous mes yeux.

— Vous me jugez mal ?

Je lui dis que je fais mon travail, ce qui est un peu niais. Mais c'est vrai : je ne la juge pas.

On frappe à la porte du petit musée. Je sursaute.

— C'est moi, Arturo.

J'ai peur, c'est dit. Qu'est-ce qu'il veut ?

— Il y a ce policier, Villon, qui rôde dans le coin et qui est venu me demander si je t'avais vu. Et aussi si j'avais vu la fille.

— D'accord. Merci.

Vers Rose :

— Vous auriez intérêt à ne pas trop vous montrer.

— Tout le monde court des risques. Chacun à sa manière.

21 h 20. C'est moi qui cherche Villon. Il y a près d'une demi-heure que les flics ont lancé leur ultimatum. J'aimerais bien savoir quelles sont leurs intentions.

21 h 30. Je le trouve près de l'entrée du Centre, en bas du parvis. Près de lui, un de ses collègues en civil lit le journal. *France-Soir.* Titre : “La deuxième victoire de Mitterrand.” Je ne sais pas ce qu'il lit, mais je sais ce qu'il pourrait lire. Au Maroc, les manifestations contre la vie chère dégénèrent en émeutes. Le père du dépeceur japonais n'arrive pas à croire son fils coupable. Le pape souffre d'une pleurésie. Neuf activistes du groupe Action directe ont été arrêtés hier à Paris.

Demain, ce sera quoi ? “Rrose Sélavy : main basse sur Beaubourg.” Ou bien : “Le terrorisme frappe au Centre Pompidou.” Ou bien…

— Ah ! Vous voilà, vous !

— Tout est prêt pour l'hallali ?

Villon comme je ne l'ai pas encore vu, ce type est plein de ressources : emmerdé. Gêné aux entournures. Je ne sais pas quel rôle il joue auprès de tous ces excités que je vois s'agiter dans le hall. Ce qui est visible à l'œil nu, c'est que tout ne baigne pas dans l'huile.

— C'est plus compliqué que cela.

Et il ajoute : “Hélas !” (Il ne peut pas s'en empêcher.)

Son pote, le lecteur de *France-Soir*, s'intéresse à moi. Interroge Villon silencieusement. Qui c'est ?

— Dans une certaine mesure, on peut parler devant lui, dit Villon.

Parler devant moi. Entre flics ! Villon est une surprise ambulante.

— Ce monsieur n'est pas un flic, dit Villon en me montrant son copain. C'est Chauvel. Des Affaires culturelles. Un ami.

Chauvel et moi déclarons que nous sommes enchantés de faire connaissance.

— On ne peut évidemment pas prendre le risque d'une destruction massive des œuvres d'art qui sont entreposées là-haut, dit Chauvel. En aucun cas !

Je dois fatiguer. Ce qu'il dit là, c'est l'énoncé du problème tel qu'il se pose depuis le début. Villon ne dit rien.

— Nos amis de la police pensent avoir les moyens de régler le problème techniquement. A… disons (un coup d'œil pas très chaleureux à Villon)… sept chances sur dix de réussite. Vu l'enjeu, cela laisse une marge de risques considérable. D'autant plus que ces messieurs sont divisés sur la tactique à suivre. N'est-ce pas ?

Villon regrette sans doute la discussion qu'il a lui-même initiée. J'ai l'impression que Chauvel, là où il est, est un type important.

— Le problème est simple, explique Villon, crispé. Dans la perspective d'une intervention policière, il y a deux logiques. Ou bien on cherche à limiter la casse humaine au maximum (il précise)... la casse de *leur* côté, et dans ce cas, vu le terrain, ils peuvent nous mener en bateau longtemps et détruire pas mal de choses. Ou bien on les neutralise très vite. Ça fera très mal, mais il y aura un minimum de gâchis côté chefs-d'œuvre.

Cruel dilemme.

— Vous avez tranché pour quelle solution ?

— Aucune pour le moment, dit Chauvel. Nous espérons qu'ils vont se rendre, d'ici (il consulte sa montre)... environ dix minutes.

— Vous pensez qu'ils vont le faire ?

— Bien sûr que non, dit Chauvel qui se replonge dans son *France-Soir.*

Villon me fait signe de le suivre dans le hall d'entrée. Qui ressemble à une cour de caserne. Il y a dans tous les coins, sur toutes les marches, des types en uniforme, prêts à faire toutes les guerres.

— Regardez tant que vous voulez, dit Villon. De toute façon, vous n'êtes pas près d'aller téléphoner à votre journal préféré.

— Vous m'arrêtez ?

Ses yeux, version garde à vue pénible :

— Si je pouvais le faire maintenant, je vous assure que je ne m'en priverais pas. Je ne peux pas.

Il a l'air honnête. Mais j'ai quand même tout ce qu'il faut pour faire toutes les photos que je veux. Qui est-ce qui est le plus dans la merde ? Ceux d'en haut ou ceux d'en bas ? Les copains de Rose à l'étage ou les uniformes du rez-de-chaussée ?

— Et vous n'avez pas trouvé le moyen de négocier ?

Il tire sur sa cigarette, exaspéré. Je le soupçonne d'être en manque de bière.

— Ils refusent tout contact. Même par haut-parleur.

Il est correct de ne pas discuter avec n'importe qui. Sur ce point, le comportement de ces jeunes gens est parfait.

Reste le reste. Les hordes compactes prêtes à en découdre. J'ai déjà vu une paire de prises d'otages dans ma vie. J'en garde des photos que je n'ai jamais pu placer où que ce soit. Même maintenant, je préfère les oublier. Ils n'étaient pas beaux à voir, les "terroristes", flingués comme à l'exercice.

On ne voit jamais venir une idée idiote. Elle est là, elle s'exprime telle quelle, sans crier gare.

— Moi, je veux bien essayer de discuter avec eux.

— Vous ?

— Pourquoi pas ?

A livre ouvert, ce qui se passe dans la tête de Villon : "C'est un ancien gaucho. Il les connaît sûrement. Il est maqué avec leur copine. On peut le manipuler. Ils vont sûrement accepter."

— Attendez un moment.

Il se dirige aussi calmement qu'il peut vers son ami Chauvel.

Les deux hommes s'entretiennent quelques minutes. Puis Chauvel plie soigneusement son journal, le jette dans la première corbeille venue et vient à ma rencontre, Villon sur les talons.

Chauvel n'a pas l'air très réjoui par la proposition.

— Vous croyez qu'ils accepteraient de discuter avec vous ?

— Ça dépend comment on leur présente.

Il réfléchit. Villon se tient en retrait.

— La transaction est hélas très simple : il faut qu'ils se rendent sans faire d'histoires. Vous comprenez ?

Qui ne comprendrait pas ? Chauvel m'évalue tranquillement. Il est plus vieux que moi, mais il a le visage net, lisse, apaisé d'un type qui campe sur ses certitudes, qui a su se battre pour elles. Qui admet parfaitement qu'elles peuvent avoir des conséquences désagréables. Pour sa carrière à lui, ou pour les autres à l'occasion. Un militant formé au biberon de la raison d'Etat.

— Le paradoxe est que nous devons faire montre d'une fermeté sans faille. Nous ne sommes pas en position de céder quoi que ce soit.

Il ajoute :

— Il est trop tôt, voyez-vous : trop tôt. (Plus bas, plus sourd :) S'ils ont un atome de sens politique, c'est cela qu'il faut que vous essayiez de leur faire comprendre.

En ce qui me concerne, c'est fini. Il s'éloigne après m'avoir serré la main et sans me souhaiter bonne chance. Villon prend lc relais.

— Chauvel va veiller à ce que les dispositions soient prises pour que vous ayez les mains libres. Un minimum.

— Pendant combien de temps ?

— En admettant qu'ils acceptent de discuter avec vous, vous devriez pouvoir compter sur une toute petite heure.

Nous nous dirigeons vers le pied de l'escalator extérieur où me semble être réuni tout un petit état-major de crise. Je retiens Villon un instant.

— Vous, quel jeu jouez-vous, maintenant ?

C'est fou le nombre de gens que j'amuse avec mes comportements naïfs. Villon, qui n'a certes pas l'humeur à ça, se fend d'un large sourire.

— Jusqu'à une date récente, les éléments progressistes n'étaient pas très nombreux dans la police. Il y en avait quand même. Ceux qui ont fait leurs preuves depuis longtemps ont évidemment un certain crédit depuis que la situation du pays a un peu changé sur le plan politique.

Ainsi, il tient à me signaler que lui et Chauvel militent depuis dix ans dans la même section du parti. Il me signale aussi autre chose, et cette fois il ne sourit plus du tout :

— Vous allez essayer de sauver la mise à vos copains, dit-il. C'est votre droit et il se trouve que ça nous arrange (son expression devient mauvaise)... mais j'estime que des gens comme vous ont passé leur vie à se tromper.

Les flics me regardent d'un sale œil. A vrai dire, ils ne semblent pas non plus ravis-ravis du rôle que joue Villon. Comment cela va-t-il se passer ?

C'est assez simple. On me tend un mégaphone. Avec ça, on m'entend jusqu'au troisième sans problème. Si les "terroristes" acceptent, je monte.

— Et là, démerdez-vous pour qu'ils évacuent sans dégâts.

— Et pour vous joindre, le cas échéant ?

Le supergradé ne voit pas très bien à quoi ça pourrait servir. Mis à part l'annonce d'une reddition sans conditions. Chauvel, qui a suivi la discussion à quelques pas, s'avance à son tour.

— Maintenant il faut y aller (assez haut pour que tout le monde entende autour de lui) : nous avons largement dépassé le délai du premier ultimatum. Nous montrons notre bonne volonté en tentant une nouvelle chance. (Vers moi :) Vous avez une heure.

21 h 45. Je gueule dans mon mégaphone. Devant : le cylindre translucide de l'escalator, hors service depuis longtemps. Je ne vois rien au-delà du premier étage.

A droite : le parvis, la rue Saint-Martin, l'atelier de Brancusi. Arturo a dû comprendre qu'il se passait quelque chose. Il doit même me *voir* en ce moment et ne rien y comprendre. Rose ?

Je gueule. Mon nom. La possibilité qui m'est faite de monter les voir. Pour discuter. Sinon ? Sinon…

eh bien : qu'ils se rappellent que le temps de réflexion accordé par la police est épuisé depuis longtemps, ct que…

Je ne développe pas. Est-ce qu'ils sont d'accord pour que je grimpe ?

— Répondez !

Silence total. Autour de moi, plusieurs gradés ont l'oreille collée à des walkies-talkies qui m'ont l'air très sophistiqués.

— Ils se concertent. Ils font des simagrées sur la galerie.

Je renouvelle mon message au mégaphone. Silence toujours.

— Ils vont accepter, dit Villon.

— D'accord, montez, dit un mégaphone, là-haut. Seul et sans arme.

Ils répètent : "Seul et sans arme."

Comme si c'était de moi que risquait de venir la première balle. Comme s'ils ignoraient qu'ils sont entourés, à quelques mètres d'eux seulement, des tireurs d'élite les plus vicieux de la maison Poulet.

Je monte. Marche après marche, seul et épié par des centaines d'yeux. Je n'ai à photographier qu'un alignement de marches s'enfonçant dans un long tube violemment éclairé. Rien devant. Rien derrière. Il me vient parfois de curieuses idées.

21 h 48. Il est là, il m'attend. Je n'en mettrais pas ma main au feu, mais ce doit être le Cuirassier. Un balèze viril, style baroudeur. Accueillant et sympathique, au demeurant. A peine arrivé à son niveau qu'il me balance une grande claque dans le dos.

— C'est une bonne idée, ça, de venir nous voir.

— Vous avez été long à répondre.

— Fallait prendre l'avis de Rose, répond-il comme si cela allait de soi.

Il me désigne l'immeuble de la rue Saint-Merri où ne pend plus qu'un drap.

Je passe mon temps à me demander pourquoi je ne pense pas plus rapidement à certaines choses. Des choses bêtes. Il y a une espèce de masse, tout en haut du *Grand Verre*, que Duchamp appelait la "Voie lactée". Elle fait partie du dispositif femelle. C'est par l'intermédiaire de cette "Voie lactée" que la Mariée transmet ses ordres à la "Machine célibataire", en bas du *Verre*.

Pour élaborer cette "Voie lactée", Duchamp a suspendu devant une fenêtre trois morceaux de gaze, découpés en carrés. Il les a photographiés alors qu'ils étaient agités par le vent, puis il a reporté le dessin ainsi obtenu sur le *Verre*.

Que disait Arturo à propos de la culture générale ?

Au fur et à mesure que nous avançons, le gentil Célibataire prend à mes yeux un intérêt des plus restreints. Ce qui m'en met plein la vue, ce sont les toiles, les chefs-d'œuvre là, posés les uns sur les autres, comme pour un château de cartes géant. Celle qui me fait face, c'est sympathique, c'est l'*Œil cacodylate* de Picabia. Un grand machin signé par tous les amis du peintre, un soir de bringue, au *Bœuf sur le toit* (1921).

On peut dire beaucoup de choses à propos des Célibataires, mais ils ne manquent pas du sens du symbole.

— C'est chouette, hein ? commente le Cuirassier.

Puisqu'on est là – tant qu'à faire, autant jouer à tous les jeux en même temps –, je le fais poser devant les trophées : Chagall, Kupka, Matisse, Picasso, etc. Mon bougre de Célibataire pousse même la gentillesse jusqu'à déplacer les bidons d'essence et les cocktails Molotov qui traînent, de manière à ce que je puisse les intégrer dans le cadrage.

Il me montre le Picabia tandis que je fais mon petit boulot.

— Vous savez que c'est dans cette toile qu'apparaît pour la première fois le nom de Rrose Sélavy ?

Je sais, oui, et je fais comme si je ne savais pas.

Quelques clichés et on passe aux choses sérieuses. Nous sommes à l'entrée du musée. Deux de ses copains nous attendent. Même style heureux, déphasé.

— Alors, qu'est-ce qu'ils disent, en bas ?

La caisse où, d'habitude, on vend des billets est coquettement aménagée en coin-repas, camping-gaz et tout. Ils ont suspendu un Seurat pour faire plus joli (ou alors : par mentalité, nouveaux riches).

Pas de papiers gras par terre. J'accepte volontiers une tasse de thé.

— Ils disent qu'il n'y a pas à discuter. Il faut que vous vous rendiez, vite et sans conditions.

— C'est tout ?

C'est un grand débraillé au bon visage tout doux. On pourrait sûrement dire des tas de choses sur cet air enfantin qu'il a et sur son gros flingue, glissé entre ceinture et chemise. Est-il Chasseur de café ou Livreur de grand magasin ?

— Oui. C'est tout.

— Alors, pourquoi est-ce qu'ils vous ont fait monter ?

— C'est moi qui l'ai proposé.

— Correct, dit le baroudeur. Le Témoin oculiste est normalement en bas du tableau, mais il assure aussi le lien avec la partie supérieure.

Plaît-il ?

Au fond : qu'importe ? Je sirote mon thé. En posant quelques questions. Ici, ils ne sont que quatre. Où sont les autres ?

— Ils font le pet dans les étages, au-dessus.

— C'est pas un peu léger ?

— Oh ! dit le Cuirassier. Il n'y a pas d'illusions à se faire. On ne contrôle rien du tout. On a demandé que la partie sud des trois derniers niveaux soit évacuée. Mais ils peuvent nous tomber dessus quand ils veulent. Seulement (geste fier) : on a ça.

Et il précise : pas seulement les toiles et les sculptures empilées à l'entrée, sur la galerie. Tout un tas d'autres. Et l'essence toujours, et les cocks, pas loin.

— Vous êtes réellement prêts à cramer les toiles ?

Ebahissement indigné des quatre.

— Bien sûr que non, grogne le môme monté en graine. C'est quand même vachement joli, tout ça.

— On détruira rien, renchérit le Cuirassier.

— Pourquoi ?

Ils me regardent, sincèrement interloqués. J'insiste en me resservant du thé (j'aurais peut-être dû monter plus tôt : ils sont cocasses). Ben oui : pourquoi ? Qu'est-ce qu'ils en ont à cirer, tout bien considéré, de cette culture stockée, que même les flics défendent ? Et pourquoi est-ce qu'on ne se servirait pas d'un Rembrandt comme planche à repasser ? Hein ? Comme disait l'autre.

— Il a dit ça… ?

— Oui, il l'a dit.

— Ah bon.

Rose s'est abstenue de leur faire lire les œuvres complètes de son grand homme. Elle fait dans l'approximatif. Du butinage ! Ce qui est embêtant, c'est qu'un type comme Villon, lui, a potassé un maximum. Les menaces, il les prend au sérieux. Et il est en train de fignoler son échec et mat avec ses petits camarades. Parce qu'il est culturé en diable : il ne laissera pas égratigner ses fétiches préférés.

— Vous croyez qu'ils vont passer à l'attaque ?

Je leur ferais bien un petit topo politique façon Chauvel, mais je sais qu'ils sont imperméables à ça. Allons au plus élémentaire.

— Puisqu'il y aura des dégâts – ils pensent, en bas, qu'il y aura *de toute façon* des dégâts –, le meilleur moyen, c'est encore de faire une attaque foudroyante, non ?

A voir leurs têtes, je suis convaincu qu'ils tricotent autour de cette idée depuis déjà pas mal de temps et qu'ils sont infoutus de prendre une décision.

— Faudrait voir avec Rose, dit le Livreur (ou le Chasseur).

— Tu sais bien que maintenant, c'est à nous de faire. Elle répondra pas. Tu sais comment elle est…

Je note : pas un poil de rancœur dans le ton du petit gars. Rose est comme ça, un point c'est tout.

— Si vous ne débloquez pas vous-mêmes la situation et très vite, vous êtes foutus.

Est-il cruel de leur demander, quand même, ce qu'ils envisagent de faire ?

— On espérait avoir un peu plus de temps…

Le Chasseur se lève.

— On va appeler les autres, et discuter.

Je me lève en leur disant que le temps presse : il ne reste même pas une demi-heure.

— Je vous laisse.

— Alors tant qu'à faire, me glisse le militaro, allez vous promener au-dessus quand les autres seront redescendus. Histoire de nous prévenir en cas de coup fourré.

Au moins, il ne manque pas d'air, ce tout-plein-de-gaz !

— Eh là ! Pas question ! Moi je suis simplement Témoin ! C'était convenu comme ça.

Il s'éloigne en soufflant comme un forcené dans un sifflet. C'est ça, leur moyen de ralliement, à ces boy-scouts. Il se retourne, pas content.

— Ouais ! D'accord ! Témoin ! Mais ça n'empêche pas de rendre un petit service, merde alors !

Armés jusqu'aux dents, c'est l'armée mexicaine, les cinq autres rappliquent. Avec chacun une petite bricole sous le bras. Un petit Man Ray, un Giacometti, un autre Giacometti, un Pevsner, etc. Rien à dire : ils font très attention.

— D'accord, je dis. C'est quoi, votre signal d'alerte ?

Je me retrouve avec un sifflet dans la poche (un sifflet !), et je monte. Après les avoir copieusement photographiés en train de s'installer pour leur assemblée générale.

Au quatrième étage, c'est l'effet aquarium. Toutes les lumières sont éteintes. J'ai droit, en revanche, au passage régulier du faisceau lumineux avec lequel les flics continuent à balayer la façade. On se croirait dans une chambre d'hôtel, juste au-dessus de l'enseigne lumineuse. Ça pourrait me plaire énormément. Il se trouve pourtant que je ne suis pas très à l'aise.

Trop d'ombres furtives. Pas celles que provoque le faisceau du projecteur sur les murs et les panneaux, sur la tuyauterie insensée de ce musée délirant, non : celles des flics. Il y en a partout, comme une vermine qui grouille. Ils ne se donnent même pas la peine de se planquer. Le contact (ce n'est pas moi qui le cherche) s'établit vite.

— Qu'est-ce que vous foutez là ?

Battle-dress bleu ou noir (fait sombre), casque, rangers, matraque, pétoires : un mec rassurant.

— Ils délibèrent. J'attends.

— Qu'est-ce qu'ils vont faire ?

C'est pas que ça l'inquiète. Ça peut seulement lui donner une indication sur le moment où il va *enfin* pouvoir foncer.

— Vous êtes nombreux, comme ça, ici ?

— Ça ne vous regarde pas.

— Alors, dis-je tout suave, chacun son obligation de réserve… !

Je ne sais pas quelles consignes ont été transmises aux flingueurs en ce qui me concerne. Je préfère m'éclipser. Je redescends.

"Et Qui Libre ?" disaient-ils sur leurs petits papillons. La situation est en effet des plus instables. Ils causent toujours. C'est même très animé. Je n'entends rien. Ça gesticule.

Sur la tablette qui fait office de présentoir à la librairie du musée, il y a quelques tableaux entassés et puis, la *Boîte en valise*. Ils ont donc piqué ça aussi.

Tout y est. "Tout ce que j'ai fait d'important pourrait tenir dans une petite valise", disait Duduche. Il a tenu le pari. La *Boîte* date de 1936. Une époque où on pouvait être conduit à voyager beaucoup, et où mieux valait ne pas trop s'encombrer.

J'ai déjà vu la *Boîte*, mais je n'ai jamais eu, évidemment, la possibilité de la toucher, de la manipuler. Alors, je me surprends à faire jouer les glissières, à ouvrir les dépliants, à soulever les planches. Je prends dans ma main la petite ampoule de verre contenant de l'"Air de Paris", je fais tourner un "roto-relief" au bout de mon doigt.

Et *Le Grand Verre*, petit format.

— C'est beau, hein ? dit le Curé derrière mon dos (une manie qu'il a, celui-là, de s'amener comme ça).

— Qu'est-ce que vous avez décidé ? dis-je pour l'envoyer chier.

C'est beau, cette *Boîte*, oui, mais je suis capable de m'en rendre compte tout seul. Après tout, j'ai le droit, moi aussi, merde, de faire joujou avec Marcel. A titre privé.

Reste qu'ils s'enlisent, les mecs. Visiblement ils cafouillent, ils s'engueulent. Je me glisse parmi eux en leur signalant qu'il n'est pas loin de 22 h 45 et que, quoi qu'ils décident, ça urge.

Le Cuirassier : "On devrait pouvoir se tirer en emportant une œuvre ou deux, bien choisies, pour nous couvrir."

Le Curé : "Et on s'engagerait à les rendre une fois en sécurité, c'est ça ?"

Le Chasseur (ou le Livreur) : "Ça ne servira à rien. Il faut rien négocier du tout. Faut franchir les barrages en leur faisant comprendre que s'ils emmerdent, on détruit."

Débat confus. Je crois comprendre qu'ils ont des véhicules, pas loin, et que tout le problème est de les atteindre.

Vers moi :

— Qu'est-ce que tu en penses, toi ?

Des choses simples. D'abord, qu'on n'a pas gardé les cochons ensemble. Ensuite que, vu l'état d'esprit en bas et en haut et partout autour, ils feraient mieux, quelle que soit la solution adoptée, de ne pas faire les marioles avec leurs armes et de mettre, bien visiblement, l'artillerie de côté.

— Elles sont même pas chargées, dit le Cuirassier, comme pour évacuer le problème.

La meilleure de la soirée !

— Sans blague !

— Laisse tomber. Ça n'a pas d'importance.

23 heures. Ça y est, c'est fini. Toute la sono de la flicaille le proclame : c'est la fin de la trêve. Restent cinq minutes (disent les cow-boys du rez-de-chaussée) pour dégager le terrain proprement, gentiment.

— C'est tout vu, maintenant, dit le gosse. Moi, je descends avec un Picasso sous le bras et mon cran posé dessus, et je passe. Si on m'emmerde : crac !

Il fait le geste d'éventrer quelque chose, quelqu'un. Mais le pire, c'est qu'il a l'air fier de son idée.

C'est là : dans l'éclair qui s'éteint dans l'œil, dans le pli du front. Une gueule butée. On discute plus, c'est tranché. Dans la connerie intégrale, mais plus question d'en démordre. Cette grimace-là, quand on la voit apparaître chez des gens avec qui on a fait un bout de chemin, ça inquiète. Ça veut dire qu'il va falloir réviser les attitudes et que ça ne se fera pas proprement. C'est le signe que les divergences vont se régler à coups de barre, ou à coups d'autre chose. Salut les Katangais, adieu les Cronstadiens. C'est moche, dégueulasse et…

Je lui résume ma pensée, sincèrement :

— T'es vraiment rien qu'un petit con.

Mouvements dans l'assistance. Détente, puis retension. Normal. J'ai même droit au grand numéro de l'affrontement des regards (le premier qui baisse les yeux n'a pas de, etc.). Je me fais traiter de journaleux de merde, d'ordure, d'intello minable. Bref : ils pédalent.

C'est pourtant clair. Ils peuvent bien bousiller tous les Picasso du monde (de toute façon, ils n'en viendront jamais à bout, il y en a trop), je m'en tape. Ils n'en bousilleront pas beaucoup. Le quart de la moitié d'un et ils seront au tapis.

Ils sont foutus. Des loubs paumés, des zonards décervelés, des lumpens manipulés. Et vraiment pas sympas. Peux pas les sacquer. Mais ça fait rien. Ça fait rien du tout. Parce qu'en bas, partout, il y a les autres. En uniforme ou en bourgeois, les flics, les bourres, les Villon, les Chauvel, les cochons et les chiens, les bandes armées, les spécialistes, les fronts de bœufs, les flingueurs, qui piaffent, qui veulent en découdre, régler leurs comptes ("question de temps, f'ront des conneries" !)... On va quand même pas leur mâcher le boulot, non ?

— J'ai pas bien compris ce que tu proposais ? me dit le Célibataire.

— Ben oui : qu'est-ce que tu *proposes* ?

Les flingues d'abord. J'ai besoin de savoir.

— Est-ce qu'il y a quelque chose là-dedans ?

— Pense comme s'il n'y avait rien.

— Les flics penseront le contraire jusqu'au dernier moment.

— T'as qu'à faire comme les flics.

Ça va décidément pas être une promenade...

— T'as toujours pas dit ton idée.

C'est que je n'en ai pas, crétin ! Et qu'il n'y a pas à en avoir honte, vu la débilité du coup. Ou alors, peut-être...

— C'est ça : qu'est-ce que vous comptez faire maintenant ? dit une voix claironnante du côté des guichets.

Rose.

Plus précisément : Rose, attitude de défi, poings sur les hanches, menton pointé, large feutre, imper vert (a-t-elle quelque chose en dessous ?), à côté d'un mannequin de vitrine, modèle banal, seulement vêtu d'un méchant galure, d'une veste d'homme et d'une paire de godasses : Rrose Sélavy, son double, le mannequin de Duchamp (expo surréaliste de 1938, etc.).

— Une belle photo, dit un Célibataire.

Au moins, celui-là ne manque pas d'humour. Rose s'avance.

— Qu'est-ce que tu fais là ? demande le Livreur.

— C'est Villon qui m'a fait monter, me dit Rose.

Il l'a repérée sur le parvis, il l'a entraînée dans le bâtiment, il lui a dit qu'il avait tout compris : "Tout, vous m'entendez, TOUT !"

— "Maintenant, ça va se régler très vite. Il serait décent d'aller retrouver vos petits amis", a-t-il ajouté.

Un flic très bizarre.

— Il sait très bien que vous n'allez pas vous rendre, dit Rose qui n'était peut-être pas forcée de dire ça. Alors ?

Il y en a au moins un pour qui tout est réglé. Le grand gamin au front buté. Il se lève ("Ça va bien maintenant, toutes ces conneries, moi je…"), prend un tableau au hasard (pas le temps de voir ce que c'est), sort. Il s'engage dans la galerie extérieure.

— Attends ! crie Rose.

Tous les autres le suivent, prenant au hasard des tableaux dans les piles. Pillage dans le pillage, panique, cavalcade. Le faisceau lumineux continue son petit balayage. Le mannequin de Duchamp regarde fixement la *Boîte en valise* (ou n'importe quoi d'autre : c'était juste une idée comme ça).

Rose dit :

— Embrassez-moi.

Claquent les premières détonations.

Assez étouffées, mais à répétition. C'est même un feu roulant. Des armes, mais qui font un bruit curieux.

Autres bruits : bousculades, cris, course. C'est sur la galerie ; retraite.

— Les gaz !

— Quoi ! gueule Rose.

Le Curé entre en titubant, toussant, suintant. Pas beau.

— C'est des gaz. Des lacrymogènes ou une saloperie comme ça.

Plié, cassé, tassé dans un coin du guichet : il n'en peut plus. Ratée la grande sortie ! La percée à peine tentée, c'est déjà la déroute. Evidente.

— Vous les prenez toujours aussi débiles ? je demande à Rose.

Qui n'entend pas. Parce que le coup du gaz venu de l'étage inférieur, ça a déclenché chez elle un fou rire dont elle ne parvient pas à venir à bout.

Le Cuirassier se plante devant nous, hébété, les yeux ruisselants de larmes. Il est secoué de spasmes, de hoquets.

— C'est (il y a des tas d'interruptions dans ce qu'il essaie de dire)... c'est pas des lacrymos. C'est une saloperie de truc qui vous met dans les vaps (version résumée).

Il ajoute que le Chef de gare et le Croque-mort ont été mis hors jeu dans l'escalier mécanique. Crachats.

— Ils montent ?

Ils sont déjà là. Avançant avec des masques, les premiers flics sont visibles derrière les vitres de la galerie. Ils avancent doucement, sans prendre de risques, sûrs d'eux. Comme à la parade.

Fuite éperdue des Célibataires vers le quatrième étage. Combien sont-ils ? Rose se ressaisit. Moi, je crois que je réussis une assez jolie photo des flics au moment où ils entrent en force, sautent par-dessus les guichets. Ils gueulent comme des porcs qu'on égorge. Comme ils ne s'occupent pas de nous, nous les suivons.

Non. Car il y a quelque chose du côté de la galerie. Un Célibataire est resté en rade. Les flics le traquent. Ils ont visiblement pour consigne de ne pas tirer.

Je ne distingue pas qui c'est, lequel des neuf. Il est au bout du couloir extérieur, acculé, paniqué. Comme au cinéma. Il s'engage dans une de ces ouvertures qui permettent les glissières des panneaux de plexiglas. Il est à l'extérieur, *complètement* à l'extérieur.

Dès qu'il a été entrevu, en bas, une fusée éclairante a été lancée. Plein jour sur le plateau, flash en pleine gueule, folie partout – vision d'une foule énorme, hallucinée, compacte, monstrueuse, qui regarde de tous ses yeux, regarde –, je suis penché à une autre ouverture, hurlant au type, ce con, d'arrêter, par pitié qu'il arrête : le jeu est terminé.

— Mais dites-lui d'arrêter, gueule le flic qui est à côté de moi, la moitié de la viande dehors, lui aussi. Il va se...

Une autre fusée. Une courbe très belle, on est déjà habitué. La trajectoire est incertaine, le vent, sans doute. La pointe de flamme vient vers nous, aveuglément, à quelques mètres maintenant, impossible de ne pas garder les yeux fixés sur elle. Elle percute la paroi de la galerie : gerbe d'étincelles, éclats, odeur de brûlé et cri, très long cri de chute (mille fois entendu, ce cri !) et puis on ne peut plus entendre que cela sur le plateau Beaubourg à nouveau plongé dans une quasi-obscurité : le bruit mat du corps qui achève sa course.

— Salauds !

C'est moi qui hurle. Je n'entends pas les autres cris qui viennent d'en bas. Pas les mêmes cris, de toute façon : eux, l'horreur. Moi : la colère.

La rage de tuer, aussi. L'entrée du musée, les guichets, l'escalier, je saute, grimpe comme un fou, je suis fou, tout doit se régler, tout doit être clair, chacun ses comptes. Je bouscule un flic, percute Rose qui est là, qui n'a rien vu. Je l'écarte, et...

C'était un coup de crosse.

Dans l'estomac ou ailleurs, je ne sais pas, là où c'est mou, où ça fait mal (j'ai mal). Le flic, le CRS, le garde mobile, rien à foutre, dit :

— Merde, désolé !

Trop vite, beaucoup trop vite, il m'aide à me relever ("je pouvais pas savoir, j'ai cru que", etc.). J'ai de la buée plein les yeux, ça ne va pas bien, j'ai mal, je tousse. Je vois Villon. Il dit au flic : "Ce n'est pas grave, rejoignez votre poste." Je le vois qui se penche. Tout près. Tout près de moi.

— Vos copains sont des cons.

Il m'aide à me relever. Et c'est le bout du rouleau. Les toutes dernières images avant la fin de la pellicule.

Les Célibataires, ce qu'il en reste, des projos braqués sur eux. Ils ont le dos au mur, en l'occurrence : une baie vitrée, barrée par les traits horizontaux, noirs, des lames du store. Derrière, c'est un autre monde mais on n'y peut rien : on le voit. La ville. Paris. Tour Saint-Jacques, Notre-Dame, éclairées. Du noir et blanc.

Eblouis, atterrés : ils bougent à peine. Mais ils doivent distinguer les ombres devant eux, qui se découpent derrière les panneaux, les socles, les sculptures. Ombres armées.

Eux là-bas, *magnifique image.* Plus près, premier plan flou : jeans, blousons, baskets et Magnum à bout de bras : la loi.

Un geste et c'est le feu.

Chaque flic avait son homme en ligne de mire. Chute des corps et lumières. Immédiatement, à la seconde même : la lumière. Celle des cauchemars. C'est sans doute pour cela qu'elle se mêle tout naturellement au fracas de verre brisé, aux râles.

Lumière et image encore : ces types allongés. Combien ? Il y en a trois qui se tordent, qui roulent sur eux-mêmes. Qui vivent. C'est la ruée, la précipitation. J'agrippe Villon.

— Un instant.

Il se retourne. Très calme. Moi aussi, je suis calme.

— Affaire réglée, je pense ?

Il hausse les épaules, à sa vieille manière. Je dis :

— Leurs armes n'étaient pas chargées.

Il s'immobilise, docile.

— Ah oui ?

Il reste comme ça un moment, sans rien dire. Pensif.

— Pas chargées… ? Vraiment ! C'est très curieux.

Il y a un boucan de tous les diables, des sirènes, des ordres. Beaucoup d'ordres. Villon :

— Je n'arrive pas à y croire.

Mouvement enveloppant du bras. Il me guide ailleurs, loin des corps étalés, certains sont encore agités de soubresauts. Il me dirige et je me laisse faire, vers un coin tranquille, au milieu de quelques chefs-d'œuvre. Les Célibataires étaient loin d'avoir tout déménagé.

— D'accord, dit le flic. J'imagine ce que vous ressentez.

Bien voir, bien comprendre : il a la tête enfoncée dans les épaules, comme s'il portait la misère du monde, son regard est douloureux et amer est le pli de ses lèvres. Il a même l'air sincèrement triste.

Un coup, et le nez pète sans problème. A partir de là, je sais qu'il ne voit plus rien. Il n'a aucune défense contre le coup de genou dans les couilles. Une fois. Une autre. Une autre encore quand il est au sol, totalement vulnérable, bouche ouverte.

La bouche, je lui enfourne un mouchoir dedans, profond, puis je le recogne. Dans l'estomac, dans les reins. Et puis ça suffit. D'accord, je sais. Si je m'arrête, c'est par discipline. Pour être bien certain que je ne prends pas plaisir à ça. Il le sait aussi. Il le sait mieux que moi. Il voit parfaitement la matraque en caoutchouc que je tiens dans les mains. Sa matraque. Il sait très précisément tout ce qu'on peut obtenir avec une matraque. Quels coups précis permettent de faire éclater une rotule, de rendre sourd. De tuer. Il sait que j'ai envie de le tuer.

Je lui retire son bâillon.

— C'est facile à retenir : ils avaient des armes chargées, et vous, vous êtes tombé dans l'escalier, OK ?

23 h 50. Je cueille Rose qui dégueule sous un Bonnard et je l'entraîne dans l'escalier.

Dans le hall, les flics sont dans tous leurs états. Intenses chassés-croisés des services de secours, des journalistes, des officiels de tout poil. La sainte mafia de l'événement. Ça grouille.

Mais proprement. Tous ces gens-là savent ce qu'ils ont à faire. C'est une mission qu'ils ont choisie et qu'ils savent tous adapter à chaque circonstance. Une seule sentence : le retour à la vie normale, vite.

Ils savent y faire.

Je prends Rose par le bras et je l'entraîne vers la sortie pendant qu'il est encore temps.

Comme prévu, Arturo est là, l'air abruti. Je lui fourre dans les mains une poignée de pellicules.

VIII

Lundi 22 juin. Pour la première fois depuis Marie, je me réveille auprès d'une fille sans ce vague dégoût qui... Rose dort. Il fait grand jour. Derrière la grande baie vitrée, c'est la lumière froide, transparente, d'un très beau petit matin.

Je vois les derniers étages de Beaubourg. Juste en face. Sur la façade : plus de banderole, plus rien. J'allume une cigarette aussi silencieusement que possible. Ce qui s'est passé cette nuit ? Plus de trace.

Il fait frais dans le duplex. Un panneau de la baie vitrée est resté ouvert, en bas. Rose frissonne mais ne se réveille pas. Corps nu, paisible. Elle est à plat ventre. Ses bras enserrent un peu l'oreiller. J'essuie un léger, attendrissant filet de salive qui suinte de la commissure des lèvres. Debout près du lit, près d'elle, je la couvre du drap. Petite sœur ?

Je descends. Il n'y avait aucune raison. Les flics ont déclenché un massacre. J'ai été témoin de ça. Moi. Personne d'autre.

Une grosse farce et une tuerie.

Souvenir *(flash-back)* de la gueule de Villon près de l'atelier de Brancusi : j'aurais pu comprendre immédiatement. Cette histoire n'est qu'une accumulation de retards. J'enfile le peignoir qui traîne.

— Au moins, cette nuit, nous pouvons dormir là, a dit Rose.

C'était en sortant de Beaubourg. (Détour par la rue de Venise, la rue Rambuteau, le Sébasto : calme plat ! Personne non plus rue Aubry-le-Boucher, personne nulle part... Elle a dit : "Il y a cet appartement où nous pouvons aller.")

Nous avons dormi. Planque de luxe, meubles raffinés, tableaux rares. Et splendide collection de jeux d'échecs.

— Celui-ci est de Max Ernst, a dit Rose tout à l'heure en se dirigeant vers la salle de bains.

D'autres de Man Ray, de Brancusi, etc.

La baie vitrée : je regarde. A l'exception de quelques flics qui rondent, le parvis est désert. Plus rien au pied du bâtiment. Là où il y a eu ce choc, tout à l'heure, effrayant, l'ordre règne.

Quoi faire ?

Dans la petite cuisine, tout est parfaitement rangé. Il y a des provisions, des conserves, le marché de la semaine, des livres de recettes. Qui habite ici, exactement ?

Je fais le café. En étant forcé de moudre les grains dans un antique moulin. Je sacrifie au rituel. Soit, donc : le *Moulin à café*.

Il est six heures. Une heure pour téléphoner à Marc. Même si, bien sûr, je le réveille. J'allume une gauloise pendant qu'il râle un peu.

— Marc. Qu'est-ce qui s'est passé, cette nuit ?

Bougonnements polis.

— Cette nuit ? (Voix de sommeil :) Qu'est-ce que tu veux dire ? (raclement de gorge)... Tes photos sont bonnes (il tousse)... surtout les dernières... Ton papier est bon (bâillement). Vieux... On pourrait peut-être rediscuter de tout ça dans deux ou trois heures, non ?

Le matériel transmis doit être très bien : il est ultra-gentil. Il me traite en diva.

J'ai peut-être fait les preuves de mon savoir-faire journalistique. Mais je tiens absolument à savoir.

— Marc. Qu'est-ce qui s'est passé ?

Lentement, très lentement, il émerge, cherche à comprendre. J'attends.

— Tu n'y étais pas ?

— Si. Mais trop près pour voir tout. Raconte.

Silence.

— Ça... Ça ressemble à une grosse bavure policière, d'après ce que j'ai compris. Non ?

— Une boucherie (rester calme). Que disent les communiqués officiels ?

— Attends (bâillements)... je ne sais plus... Ils disaient les trucs habituels. Que tout avait été fait pour éviter un drame, une destruction irréparable d'une partie du patrimoine. Des choses comme ça.

— Et sur la fusillade ?

Toux encore.

— Légitime défense... C'est ça : les types ont tiré, ou ont voulu tirer. Je ne sais plus. Le communiqué insiste évidemment sur la folie, l'irresponsabilité des gens du commando. Qui c'étaient, ces types ?

“Ils ont voulu tirer ou ont tiré, JE NE SAIS PLUS.” Marc a dit ça !

— Ces types ? Ce sont les gens dont je t’ai fait chercher les exploits dans tes archives.

— Je vois... Des barjots. Mais quand même assez efficaces, hein ?

Efficaces ! Il insiste...

— Efficaces peut-être. Mais pas des tueurs. On les a descendus comme au jeu de massacre. Tu comprends ? Les flics voulaient leur peau.

Silence. Très long silence.

— ... On ne peut peut-être pas dire les choses comme ça. Les mecs ont vraiment joué aux cons... bien sûr, il y a toujours des flics excités.

Silence encore. Marc est complètement réveillé. Il pense très clairement, j’en suis sûr.

Il y a quinze ans, il était un des piliers du syndicalisme étudiant. Il était barricadier en 1968. Il a navigué dans toutes les expériences de l’extrême gauche. De sa presse. Il a eu je ne sais combien de procès en diffamation sur les reins à cause d’articles simplement honnêtes. Contre les flics, souvent. Son canard est ce qu’il est, même s’il y a beaucoup à redire : pas crapuleux. Le service qu’il anime fait en général du bon travail.

Marc dit :

— Tu sais bien que tout ne va pas changer du jour au lendemain.

Il y a des choses qui changent vite, pourtant.

On comprend très bien ça, tous les deux. Il dit, pour la forme :

— Tu passes au journal, tout à l’heure ?

Déclic de l'appareil reposé sur son combiné.

J'ai tort. Rose dort, là-haut. Les Célibataires étaient de sales petits cons. Rien à dire. Je vais chercher ma tasse de café et je me réinstalle près du téléphone.

“Un appartement sûr”, a dit Rose cette nuit. Face à quels risques ? Quels risques, exactement ? Elle doit maintenant être recherchée et il est certain que si les flics arrivent à mettre bout à bout tout le palmarès des Célibataires, y compris les exploits de la rue Froidevaux, les chroniqueurs judiciaires n'ont pas fini de se régaler.

Et ses copains ? Deux qui se sont fait prendre dans l'escalier. Le gars qui est tombé. Cinq (cinq ! l'image est maintenant très nette !) qui se sont fait descendre. Il en manque un. En fuite, planqué. Déjà arrêté ?

Et moi ?

Je le connais par cœur, désormais, le téléphone de Villon. Lui, il ne dort pas.

— Où êtes-vous ? D'où appelez-vous ?

— Je suis recherché ? Vous avez porté plainte ?

— Non.

Il ne plaisante pas. Moi non plus.

— Blainville… ! Plus personne ne joue maintenant. On a des questions à vous poser.

Comment lui faire aimablement comprendre que ça tourne à vide désormais, tout son cirque minable ?

— C'est sur ce que vous avez fait cette nuit qu'il y a des questions à poser.

Crispé. On ne joue vraiment plus.

— Vous savez très bien que nous ne voulions pas ça.

— Je pense le contraire. Combien avez-vous descendu de types ?

Tout de suite :

— Il y a trois morts et deux blessés dans la fusillade. Deux blessés graves, si vous voulez le savoir. Un type est tombé malencontreusement. Deux autres ont été capturés. Un autre est dans la nature. Sans compter votre belle amie.

— Sur neuf types désarmés : ça fait beaucoup.

— Ils étaient armés.

— C'est faux.

Silence.

— Ils étaient armés, dit Villon. On pourra le prouver. Je veux bien admettre votre bonne foi. Ils vous ont raconté des bobards.

— Villon : les flics ont flingué froidement des types désarmés. Qui ne vous menaçaient pas. J'étais là.

— Vous n'avez rien vu. Il n'y aura que vous pour présenter cette version-là.

Qu'est-ce que j'ai vu, au fait ? Qu'est-ce que j'ai vu, *exactement* ?

— Blainville ? (il continue). Ces types étaient des fous. Ils étaient dangereux. A tous points de vue. Il y en a encore un en fuite. Et la fille. Si vous avez la moindre idée de l'endroit où ils se planquent, vous auriez intérêt à le dire.

Bruits sur la loggia. Rose descend.

— Alors ? dit Villon.
— Allez vous faire foutre.
— Je raccroche.
— Qui était-ce ? demande Rose.
— Villon, le flic.
— Vous ne l'avez pas tué, hier ?
Elle se niche dans un fauteuil, s'étire, se roule en boule. Elle est toute chiffonnée, ses yeux sont encore gonflés de sommeil. Elle n'est pas très jolie. Je vais lui chercher une tasse de café.

Elle prend la tasse, la recouvre de sa paume.

Je lui explique les deux coups de téléphone. Elle boit, à toutes petites gorgées.

— Vous avez l'air étonné. Bien sûr : c'était un massacre. Ils voulaient que ça se termine comme ça. Evidemment. Mais cette histoire n'a plus d'importance, maintenant.

— C'est l'avis de tout le monde, en effet.

— Ce n'est pas le vôtre ?

Elle se lève. La chaîne hi-fi est installée dans un coin, au pied de l'escalier. Elle met en route une bande magnétique. Un truc de jazz, très fort. Je ne sais pas ce que c'est. Comme il a déjà été dit : je n'y connais rien en musique. Rose revient dans son fauteuil. Je dis :

— Vous comprenez que tous vos copains sont morts, ou presque ?

Etonnement sincère :

— J'ai vu cela, oui.

— Et ça ne vous trouble pas un peu ?

Surprise, pendant quelques secondes.

— Pourquoi ? Ce qui est arrivé, ça faisait partie des possibilités.

Des possibilités ! Les petits mecs paniqués du troisième étage, qui ne savaient plus où donner de la tête, aux abois, mouchés l'un après l'autre…

— C'est vrai, reconnaît Rose. Le costume était un peu grand pour eux, vers la fin (calmement, doucement, puisque j'ai l'air de ne pas comprendre…). Mais c'est comme ça, les Célibataires. Souvenez-vous. Le gaz dans les "moules malics". Des moules ! Des rôles ! Pas des vraies personnes.

Elle s'étale en allumant une cigarette, souriante. Dans son monde à elle, tout est tellement cohérent.

— D'ailleurs, selon Duchamp, les moules malics ressemblent un peu à des cercueils (longue bouffée : elle regarde le plafond, cherchant à comprendre les implications de ce qu'elle avance)… je n'y avais pas pensé. Parce qu'après tout, ils pouvaient aussi réussir. Les cercueils, c'est une idée comme ça, en passant.

A nouveau, elle me regarde. Regard très clair, attention inexpressive.

— Mais bien sûr, je suis folle. Folle et veuve de tous mes Célibataires. Veuve et joyeuse : *"Fresh widow"*, dit-on en anglais. Ce qui se traduit aussi par : veuve lubrique.

Question (la seule) : est-ce que c'est pour ce jeu de mots-là, pour cette conformité-là au catalogue, qu'elle a été capable d'envoyer consciemment ses copains au casse-pipe ?

La réponse, selon moi, est oui.

— Non. Même si vous n'y croyez pas. La réponse est : non.

Patiente, appliquée, penchée en avant pour me convaincre, le peignoir largement ouvert sur ses seins, toujours :

— Je n'ai pas voulu ça. Mais une fois que le mécanisme se met en route, tout devient logique. Complètement logique. Enfin… plus ou moins.

Elle dit "plus ou moins", comme on précise un point de doctrine.

Dehors, la lumière est devenue dorée, plus épaisse. De vagues rumeurs commencent à monter du parvis, de la vie. Je pars à la recherche de mes vêtements.

— Villon veut votre peau. Qu'est-ce que vous allez faire ?

Elle n'a pas quitté son fauteuil. Elle observe mes allées et venues, intéressée.

— Je vais sûrement devoir me cacher un peu. Je devrais pouvoir le faire. Et si cela devient ennuyeux ou compliqué… j'inventerai un autre truc.

Elle se lève. Va tripoter la chaîne (bruits divers, la bande défile, stop, redémarrage, etc.). Radio. Chansonnette.

— Peut-être que vous, pendant ce temps-là, vous me chercherez aussi. Peut-être nous nous rencontrerons. Parfois. Dans les passages couverts. Ou près des écluses.

Elle rêvasse un peu.

— … dans des endroits comme ça. Vous me chercherez ?

Répondre à ça ? Oui. Oui, bien sûr. Je la chercherai. Distraitement, comme je fais tout. Et puis, un jour ou l'autre, on se croisera sans se voir. Ce n'est pas très grave. Rien n'est grave. Et c'est toujours comme ça.

Rose, assise, observe la pièce autour d'elle.

— Je venais de temps en temps. Chez moi. Une maison. Une planque. C'était reposant. Pas longtemps.

Cette maison ne lui ressemble pas et je ne lui dis pas. Trop d'objets précieux, trop de souvenirs. Trop de liens.

— Mais il faut partir maintenant, et je suppose que je dois me montrer prudente.

Elle se lève, fait quelques pas, s'arrête. Puis elle se retourne vers moi, très gaie.

— Vous avez toujours votre appareil photo avec vous, n'est-ce pas ?

Je fais signe que oui.

— Ecoutez... j'ai envie. On va les faire, ces fameuses images. Ça vous fera un souvenir. D'accord ?

Quelles images ?

Elle me montre l'escalier qui monte vers la loggia. Je réalise seulement maintenant que c'est sur cet escalier qu'ont été prises les photos d'Yvonne, celles que m'a montrées Villon, la première fois.

— D'accord. Attendez deux minutes.

Il faut les faire, bien sûr, ces photos du *Nu descendant un escalier.*

L'éclairage naturel est parfait. Il suffit de fixer le moteur sur le boîtier, de bricoler un pied avec une pile de bouquins, de fixer avec un scotch. Un peu de recul. Le cadrage est simple.

Pendant que je fais ces réglages (cette fois, il n'y aura pas de loupé), Rose enlève son peignoir, elle est nue, et monte l'escalier. Je l'observe, mais je ne vais pas vers elle. Je m'absorbe dans mes réglages inutiles. Elle redescend et vient à côté de moi, contre moi. Peau fraîche et douce. Ces mots bêtes. Je me sens durcir. Elle me caresse légèrement.

— Maintenant, on peut faire l'amour. C'est comme vous voulez.

Comme avec un frère ou une sœur. Je sais, je sais…

— Je veux ces photos, avant.

— Bien sûr.

Rose en haut des marches, à nouveau. Elle rit.

— Cette fois, c'est votre dernière chance.

La dernière. Cela aussi : je le sais.

— Allez-y. Doucement.

Marche après marche, solennelle. Sa descente est scandée par le bruit régulier du déclencheur. Rideau du reflex, comme déchiré à chaque fois. Lent. C'est fini.

C'est fini.

— C'est bon ? demande Rose en bas des marches, comme épuisée.

— Je pense.

— On refait peut-être une autre prise… Pour être sûr ?

Elle rit, elle est heureuse, ailleurs.

— Attendez…

Je tire les stores (sur le balcon, il y a encore les draps qui, cette nuit, ont permis de donner les ordres, le signal, la mort), allume un spot, déplace un peu l'appareil. Une vue de biais, presque de profil ? Le mouvement sera plus découpé, plus décomposé (mais c'est tellement une autre histoire) : conforme. Elle attend, là-haut. Une sonnerie.

Une sonnerie stridente, insupportable. La porte. Oui ?

Je regarde Rose. Elle hausse les épaules. Beau mouvement de ses seins.

— Allez ouvrir.

Pas d'autre choix. Avec la musique, très fort, personne ne peut croire que l'appartement est désert. J'y vais. La sonnerie persiste.

Dans l'œilleton, je reconnais le visiteur.

A peine le verrou ouvert, je suis projeté contre le mur par la porte qu'il pousse. Une force incroyable. Le Célibataire bondit devant moi, fonce dans l'appartement. Puis se ravise et se retourne. Il est haletant, comme dément. Le gosse a un pistolet au poing, une arme qui me paraît énorme et qu'il pointe vers moi.

Bruit d'enfer de la détonation. Quand il a pressé la détente, j'ai pensé : quel con ! (QUEL CON !) Et puis : rien.

Rien. Je sais que je suis touché. Je ne sais pas où. Je ne sens rien. Un choc, mais pas de douleur. Je me relève et je le suis. Il hurle :

— Salope ! Tous morts ! Tous morts !

Son dos, je ne vois que ça. Il est au milieu de la pièce, beaux meubles, beaux objets. Son arme tendue à deux mains, pointée vers Rose. Rose, debout, nue, en haut.

Rose qui me regarde et qui commence à descendre l'escalier.

Une marche.

Elle ne doit pas. Pas le droit. Pas faire ça.

Deux marches. J'avance, je titube. C'est la jambe qui est touchée. Arrêtez !

— Appuyez sur le déclencheur, dit Rose.

Appuyez !

Vacarme épouvantable. Encore un coup de feu, puis un autre, un autre encore. C'est trop. Entre chaque détonation, j'entends les cris du type, fou, enfin lucide. Salope qui nous a trahis, trahis, trahis ! Et à chaque marche, chaque cri, le corps de Rose est secoué d'un hoquet. Tout son corps transpercé de petits points rouges, nets, à chaque fois.

Il sort une autre arme. Je bondis vers lui, j'essaie. Un autre coup de feu. L'étrangler. Ce bruit encore. Le tuer.

Mon bras me fait mal, ma jambe aussi, ça brûle. Mais je l'agrippe. Il est déséquilibré, tombe. Je cogne sa tête contre le sol. Il crie. Aussi fort que je peux, je cogne ce crâne, je cogne.

Vision des jambes de Rose. Elle marche. Vivante. Il suffirait de tendre la main pour la toucher.

Vision aussi de l'appareil photo qui éclate, touché par une balle perdue. Les photos. Encore ratées.

Je ne sais pas comment il se dégage, ni comment je me retrouve devant lui avec une arme, la sienne, à la main. Je ne sais pas comment je tire immédiatement, visant en pleine poitrine. Il est touché (la chemise qui éclate, le sang). Je ne le vois pas s'écrouler (c'est toujours pareil), car il y a le gémissement de Rose, derrière.

Rose, marchant vers la fenêtre comme une somnambule, et chaque pas est un enfer, vers la grande baie vitrée, trouée de balles. Presque arrivée, elle trébuche une dernière fois. Le verre se brise sous son poids. Fracas.

Alors je sautille vers mon sac. J'en sors un autre appareil et je photographie Rrose Sélavy, dans les noces de son *Grand Verre brisé*.

BABEL

Extrait du catalogue

164. ABBÉ LHOMOND
De Viris illustribus Urbis Romæ

165. GUY DE MAUPASSANT
Les Horlas

166. ÉLISÉE RECLUS
Histoire d'un ruisseau

167. MICHEL TREMBLAY
Le Cœur découvert

168. MICHEL TREMBLAY
Le Cœur éclaté

169. BÉATRIX BECK
Grâce

170. RAUDA JAMIS
Frida Kahlo

171. HOMÈRE
L'Iliade

172. HOMÈRE
L'Odyssée

173. RAMÓN CHAO
Un train de glace et de feu (la Mano Negra en Colombie)

174. ROBERT DOISNEAU
A l'imparfait de l'objectif

175. ALEXANDRE DUMAS
La Chasse au chastre

176. JACQUES GAILLARD
Beau comme l'antique

177. PIER PAOLO PASOLINI
Théâtre

178. JEF GEERAERTS
Black Venus

179. MICHEL TREMBLAY
La grosse femme d'à côté est enceinte

180. MICHEL TREMBLAY
Thérèse et Pierrette à l'école des Saints-Anges

181. BRAM STOKER
La Dame au linceul

182. LOUIS EDMOND DURANTY
Théâtre des marionnettes

183. EDMOND DE GONCOURT
La Faustin

184. CONRAD DETREZ
Les Plumes du coq

185. NICOLAS VANIER
Transsibérie, le mythe sauvage

186. BERBEROVA
Où il n'est pas question d'amour

187. DANIEL DEFOE
Robinson Crusoé

188. ANTON TCHEKHOV
La Mouette

189. ANTON TCHEKHOV
L'Homme des bois

190. INTERNATIONALE DE L'IMAGINAIRE N° 5
La Scène et la Terre

191. PEDRO CALDERÓN DE LA BARCA
La vie est un songe

192. ALEXANDER LERNET-HOLENIA
Le Régiment des Deux-Siciles

193. ARISTOPHANE
Les Oiseaux

194. JEAN-PIERRE FAYE ET ANNE-MARIE DE VILAINE
La Déraison antisémite et son langage, dialogue sur l'histoire et l'identité juive

195. JACQUES POULIN
Les Grandes Marées

196. SIRI HUSTVEDT
Les Yeux bandés

197. ROBERT PENN WARREN
Les Rendez-Vous de la clairière

198. JOHN BANVILLE
Le Livre des aveux

199. JOHN MILLINGTON SYNGE
Théâtre

200. ISAAC BABEL
Récits d'Odessa

201. ISAAC BABEL
Chroniques de l'an 18

202. FÉDOR DOSTOÏEVSKI
La Logeuse

203. PACO IGNACIO TAIBO II
Sentant que le champ de bataille…

204. FRÉDÉRIC JACQUES TEMPLE
Un cimetière indien

205. INTERNATIONALE DE L'IMAGINAIRE N° 6
Le Liban second

206. SHERIDAN LE FANU
Carmilla

207. ANDRÉE CHEDID
La Femme de Job

208. DANIEL ZIMMERMANN
Nouvelles de la zone interdite

209. NAGUIB MAHFOUZ
Le Voleur et les Chiens

210. MOHAMMED DIB
Au café

211. AMADOU HAMPÂTÉ BÂ
Oui mon commandant !

212. NANCY HUSTON
La Virevolte

213. FRANÇOIS POIRIÉ
Emmanuel Lévinas

214. MATTHEW G. LEWIS
Le Moine

215. ROY LEWIS
Pourquoi j'ai mangé mon père

216. RUSSELL BANKS
Sous le règne de Bone

217. BARBARA GLOWCZEWSKI
Les Rêveurs du désert

218. GEORGE SAND
Mademoiselle Merquem

219. JACQUES POULIN
La Tournée d'automne

220. SIR JOHN HUNT
Victoire sur l'Everest

221. MICHEL TREMBLAY
Un ange cornu avec des ailes de tôle

222. MURIEL CERF
Une passion

223. PHILIPPE DE LA GENARDIÈRE
Legs

224. YING CHEN
La Mémoire de l'eau

225. DOMINIQUE ROLIN
L'Infini chez soi

226. ISABELLE EBERHARDT ET VICTOR BARRUCAND
Dans l'ombre chaude de l'islam

227. MADISON SMARTT BELL
Save me, Joe Louis

228. POLIDORI
Le Vampire

229. BETTINA LAVILLE ET JACQUES LEENHARDT
Villette-Amazone

230. TAYEB SALIH
Saison de la migration vers le Nord

231. FÉDOR DOSTOÏEVSKI
Crime et Châtiment, vol. 1

232. FÉDOR DOSTOÏEVSKI
Crime et Châtiment, vol. 2

233. WILLIAM SHAKESPEARE
Hamlet – Macbeth

234. CLAUDE PUJADE-RENAUD
La Danse océane

235. CLAUDE PUJADE-RENAUD
Martha ou le Mensonge du mouvement

236. JEAN-MARC DUROU
L'Exploration du Sahara

237. FRÉDÉRIC H. FAJARDIE
Des lendemains enchanteurs

238. JAN VALTIN
Sans patrie ni frontières

239. BERNAL DÍAZ DEL CASTILLO
La Conquête du Mexique

240. EMMANUEL KANT
La Fin de toutes choses

241. HELLA S. HAASSE
Un goût d'amandes amères

242. THÉOPHILE GAUTIER
Les Mortes amoureuses

243. *
Contes d'Asie Mineure
recueillis par Calliopi Moussaiou-Bouyoukou

244. JEAN-LUC OUTERS
L'Ordre du jour

246. CLAUDE PUJADE-RENAUD
Belle Mère

247. ISAAC BABEL
Cavalerie rouge / Journal de 1920

248. VICTOR HUGO
Lucrèce Borgia

249. MARQUIS DE SADE
Lettres à sa femme

250. JACQUES BERQUE
Les Arabes / Andalousies

252. EILHART VON OBERG
Tristan et Iseut

253. ROLAND DORGELÈS
Route des tropiques

254. MICHEL TREMBLAY
Douze coups de théâtre

255. PAUL AUSTER
Smoke - Brooklyn Boogie

256. MOHAMMED DIB
Le Talisman

257. ASSIA DJEBAR
Les Alouettes naïves

258. VINCENT BOREL
Un ruban noir

259. RENÉ DESCARTES
La Recherche de la vérité

260. GEORGES-OLIVIER CHÂTEAUREYNAUD
Les Messagers

261. HENRY JAMES
Le Motif dans le tapis

262. JACQUES GAILLARD
Rome, le temps, les choses

263. ROBERT LOUIS STEVENSON
L'Etrange Affaire du Dr Jekyll et de Mr Hyde

264. MAURICE MAETERLINCK
La Mort de Tintagiles

265. FRANÇOISE DE GRUSON
La Clôture

Ouvrage réalisé
par l'Atelier graphique Actes Sud.
Achevé d'imprimer
en mars 2019
par Normandie Roto Impression s.a.s.
61250 Lonrai
sur papier fabriqué à partir de bois provenant
de forêts gérées durablement (www.fsc.org)
pour le compte des éditions
Actes Sud
Le Méjan
Place Nina-Berberova
13200 Arles.

Dépôt légal
2e édition : juin 2008
N° impr. :1901228
(Imprimé en France)